Ich lieb dich, wenn du bei mir bist
von *harriet w.*

Die Personen sind frei erfunden und die Handlung ist meiner Phantasie entsprungen.

Dennoch…, es gibt viele Toms und Lisas auf dieser Welt und für sie habe ich diesen Roman geschrieben.

Impressum

© 2022, harriet wollenberg

Herstellung und Verlag:

BoD – Books on Demand, Norderstedt

ISBN 978-3-7562-2069-4

„Ja, Ja, ne alte Frau ist doch kein D-Zug! Ich komme ja schon!"

Es dauert länger als früher, bis Lisa sich aus ihrem Sessel erhebt. Die alten Knochen schmerzen jetzt häufiger und reagieren viel langsamer als ihr Geist. Die Müdigkeit übermannt sie immer öfter. Endlich ist sie an der Tür, an der es weiterhin Sturm klingelt. Als sie die Tür öffnet, sieht sie auf ihre völlig verheulte Nachbarin. Augenblicklich öffnet Lisa die Arme und drückt die junge Frau an sich.

„Mädchen, was ist denn passiert?" Ohne auf eine Antwort zu warten zieht sie sie in die Wohnung und in ihr gemütliches Wohnzimmer. „Nun setz dich erstmal. Ich hole uns einen Sherry." Einen Tee als Seelentröster anzubieten kommt Lisa erst gar nicht in den Sinn.

Mit einer Flasche, zwei Gläsern und einer großen Packung Taschentücher kehrt Lisa zurück zu ihrem Schützling. Seit Marta vor zwei Jahren in die Nachbarwohnung gezogen ist, verbindet die beiden so unterschiedlichen Frauen eine innige Freundschaft. Marta ist gerade 25 Jahre alt geworden. Ein hübsches, schlankes Mädchen mit dunklen Locken. Ihre kleine spitze Nase macht das Gesicht schmaler und lässt die braunen Augen noch größer erscheinen. Sie arbeitet in einer staatlichen Bücherei und ist so bodenständig, wie man nur sein kann. Sie ist diszipliniert, trinkt nur selten, kein Tabak, viel Sport und gesundes Essen. Und obwohl sie früher in Lisas Augen eher als Spießer gegolten hätte, hat sie ihr Herz an die Kleine verloren.

Lisa dagegen stammt aus der Generation, die das freie und unabhängige Leben gekostet hat. Erste Kommunen, öffentliche Verbrennung von Büstenhaltern auf den Straßen, um für die Gleichberechtigung der Frauen zu kämpfen. Woodstock und die freie Liebe. Ein Aufbruch in eine Zeit die sich von den Alten Seilschaften verabschieden wollte. Sie ging auf die Straße für eine bessere Welt. Doch Lisa hat allerdings nur die Anfangseuphorie direkt miterlebt. Nachdem sie ihren Mann Kurt kennenlernte wurde ihr Leben strukturiert und zukunftsorientiert. Er hat sie gerettet und gezähmt, pflegte er immer zu sagen. Und Lisa ordnete sich ein, in eine Gesellschaft die sie vorher verabscheut hatte. Dennoch, für diesen Mann zu dem sie aufschaute hätte sie gemordet.

Niemand weiß genau, wie alt Lisa wirklich ist. Man munkelt etwas zwischen 18 und 100 Jahre. Sie kleidet sich wie ein Hippie aus den 70ern. Ihre langen bunten Kleider bilden einen fast mystischen Kontrast zu ihren Raspel kurzen, grauen Haaren.

Sie sind noch immer voll und dicht und Lisa bindet oft ein Tuch um den Kopf. So hat sie es auf ihren vielen Reisen gesehen.

Jung geblieben im Herzen und mit manchmal revolutionären Ansichten, obwohl sie die 80 bereits überschritten hat, ist sie eine Ausnahmeerscheinung. Noch immer eine imposante Person, groß und kräftig, die Schultern nach hinten gezogen und der Gang fest und gerade.

Sie ist engagiert in verschiedenen Nachbarschaftsgruppen. Liest selbstgeschriebene Geschichten im Altenheim vor und singt im Kirchenchor. Im Gemeindehaus zeigt sie Bildervorträge und berichtet über ihre unzähligen Reisen und Projekten.

Überall auf dieser Welt hat sie in Waisenheimen und Schulen gearbeitet. Nicht nur Ihr Wissen und ihre Liebe, auch fast ihr komplettes Vermögen investierte sie, um den

Kindern zu helfen. Wer rastet der rostet, pflegt sie zu sagen, obwohl sie deutlich spürt das der Rost sich breitmacht.

„Hier Süße, putz dir die Nase und trink einen großen Schluck. Das stoppt den Tränenfluss und du kannst dir deinen Kummer von der Seele reden. Ich höre dir zu." Marta tut was ihr gesagt wird und aus den Lauten Heulattacken werden kleine Schluchzer.

„Kann ich noch einen?" ist das Erste was Marta herausbringt, seit sie Lisas Wohnung betreten hat. Sie hält ihr leeres Glas in der Hand und streckt es Lisa entgegen. Diese schenkt ihr wortlos nach und wartet geduldig, während sie mit dem Daumen ihrer Hand leicht über Lisas Handrücken streichelt. Schöne junge Hände, voller Tatendrang, mit langen schmalen Fingern und Nägeln die mit farblosem Lack natürlich schön sind. Lisa sieht auf ihre eigenen Hände, faltig und mit braunen Altersflecken übersät. Hände voller Leben. Sie lächelt, denn obwohl es Hände sind, denen man das Alter ansieht, so liebt sie sie und das Leben was sie gefühlt haben.

„Er will mich nicht mehr," stößt Marta endlich mit einem unterdrückten Schluchzen hervor.

„Er ist weg und kommt nie wieder!"

„Was ist denn passiert," fragt Lisa sanft, „wie kommst du darauf? Er wäre verrückt dich nicht zu lieben. Also was genau hat er gesagt?"

„Er will nicht mit mir zusammenziehen. Wir sind schon fast ein Jahr zusammen und er braucht die Freiheit einer eigenen Wohnung. Er liebt mich eben nicht genug." Wieder schüttelt ein lautes Schluchzen ihren Körper.

„Oh meine Kleine," Lisa holt tief Luft bevor sie weiterspricht, „vielleicht liebt er dich so sehr, dass er Angst hat, eure Liebe geht im Alltag unter. Zu viel Nähe, Schmutzwäsche und Streit wer den Staub beseitigt, das kann zu viel sein, auch wenn die Liebe stark ist."

„Aber er ist einfach gegangen, als ich eine Erklärung wollte. Ich will ihn ja verstehen. Ich habe geweint, und ihn angeschrien, ihm Vorwürfe gemacht und gesagt das ich ihm nicht vertraue. Bestimmt hätte er noch eine andere und will deshalb nicht mit mir zusammenwohnen. Er hat nicht darauf reagiert. Er hat sich umgedreht und ist einfach gegangen. Würde er mich lieben, wäre er geblieben."

Lisa zieht eine Augenbraue in die Höhe. Wer sie gut kennt weiß, dass diese Geste von Missbilligung zeugt. Sie wartet einen Augenblick bevor sie antwortet.

„Meinst du denn mit Weinen und Schreien hast du ihm gezeigt, dass du ihn verstehen willst? Ich glaube du hast ihn erschreckt und ihm geschildert, was auf ihn zukommen könnte, ohne Rückzugsort."

Marta weint erneut laut auf und hält Lisa ein weiteres Mal ihr leeres Glas vor die Nase. „Ich dachte, du bist meine Freundin. Wer soll mich sonst verstehen, wenn nicht du."

Während sie die nun bereits halb leere Flasche Sherry nimmt um nach zu schenken, denkt Lisa nach. Erinnerungen kommen näher, Erfahrungen und Gefühle, die wie ein Geschmack, ein Geruch durch ihren ganzen Körper fließen.

„Ich verstehe dich ja, ich kann fast körperlich fühlen, was in dir vorgeht. Uns trennen so viele Jahre und Erfahrungen und ich sehe die Dinge inzwischen etwas anders. Ein großer Vorteil des Alters," Lisa lächelt, „die Liebe braucht Freiraum.

Und umso mehr sie davon hat, umso stärker wird sie. Liebe ist wie ein scheues Tier. Es ergreift die Flucht, wenn man ihm zu nahekommt. Gib euch Zeit und genießt das Zusammensein. Freut euch aufeinander, wenn ihr getrennt seid und genießt die Stunden des Zusammenseins."

Marta fängt erneut an laut zu schluchzen.

„Das ist jetzt zu spät. Ich hab's versaut, er ist weg und kommt nicht wieder."

Obwohl ihr die Kleine von Herzen leidtut, muss Lisa lächeln. „Aber nein, Marta, das war ein Streit, vielleicht der erste große Streit zwischen euch, ganz sicher nicht der letzte." Marta nickt leicht mit dem Kopf und schnäuzt laut in ihr Taschentuch.

„Glaub mir, er kommt zurück. Konzentriere dich lieber darauf was ihn bewegt hat das Weite zu suchen. Denk mal drüber nach Marta. Und ziehe den Gedanken in Betracht zu warten, mit der Enge in Eurer Beziehung. Wie sehr genießt du die Vorfreude, wenn du weißt, dass er bald bei Dir sein wird? Was tut ihr dann, wenn ihr beieinander seid?"

Ein Lächeln huscht über Martas Gesicht. „Den ganzen Tag über bin ich aufgeregt. Ich freue mich auf ihn wie ein Kind an Weihnachten. Pläne schmieden ist eine meiner

Lieblingstätigkeiten und so plane ich was ich anziehe oder was ich kochen könnte. Wenn er dann da ist merke ich immer wieder das jeder Plan unsinnig war. Wir reden und Lachen und lieben uns.

Manchmal auch in umgekehrter Reihenfolge so wie es uns gerade einfällt." Lisa nickt zufrieden. Ihr Blick wird weit, verträumt und Marta spürt das ihre Freundin in eine weit entfernte Zeit entrückt.

„Erzähl mir davon," sagt Marta leise und sie weiß, dass Lisa versteht, was sie wissen möchte.

Der Blick zurück

„Es ist erst der zweite Kongresstag und mir schmerzen meine Füße als wäre ich den Jacobsweg gelaufen."

„Du übertreibst Liebling," Kurt steckt den Kopf aus der Badezimmertür und lächelt seine Frau an.

„Außerdem weißt du nicht, wie es ist den Jacobsweg zu gehen und wirst es wohl auch nicht erfahren."

„Warum nicht," fragt Lisa gereizt.

„Du bist 51 Jahre, nicht besonders sportlich und hast ein paar Kilo zu viel."

Kurt lacht und Lisa schmollt. So ist es immer denkt Lisa, er traut mir nichts zu, aber diesmal werde es ihm noch zeigen. Sie reibt weiter ihre schmerzenden Füße und macht im Geiste schon einen Plan für ihr Projekt Jacobsweg.

Ihr gegenüber ist ein großer Spiegel angebracht und sie schaut sich an. Ja, denkt sie, ich weiß das ich ein bisschen pummelig bin. Ihr ganzes Leben fühlte sie sich nicht perfekt genug.

Zu groß für eine Frau, zu kräftig und nicht klug genug für Kurt. Aber er muss ihr das nicht auch noch unter die Nase reiben.

Ihr Innerstes rebelliert, obwohl sie weiß, dass Kurt sie nur necken wollte. Er würde sie nie bewusst verletzen.

Sie sieht sich an und trotz allem, sie mag ihre blonden Haare, die sich zu Locken kringeln. Sie trägt die Haare kurz, doch nicht zu kurz und die grünen Augen findet sie sogar ganz hübsch.

Langsam löst sie sich von den Rachegedanken und zieht sich um, für die Nachmittagsvorträge.

Lisa liebt die jährlichen Kongresse der Psychologenvereinigung. Das Zusammentreffen mit den Kollegen und der abendliche Austausch sind neben den interessanten Vorträgen ihr ganz persönliches Highlight. Es gibt eine kleine Ausstellung, die über Neuerungen der Branche informiert, Einsatz von technischen Innovationen, Literatur und alles rund um ihren so geliebten Beruf. Seit sie und Kurt vor fast 20 Jahren ihre Praxis eröffnet haben, hat Lisa nicht aufgehört, sich weiterzubilden.

Vor kurzem fing sie damit an Vorträge zu halten oder sie unterrichtet neben ihrer eigentlichen Arbeit.

„Bravo," ruft Lisa und springt auf. Sie applaudiert mit großer Begeisterung. Was für ein großartiger Vortrag. Mitreißend und humorvoll und voller Anregungen für die Praxis. Sie muss sich dringend ein Buch von diesem brillanten Redner kaufen.

Auf dem Weg zum Bücherstand fällt sie fast über Martin. Was für ein attraktiver Kollege, stets freundlich und zu einem kleinen Flirt bereit.

„Hey Lisa, wie schön dich zu sehen." Bei den üblichen Küsschen auf die Wange hält er kurz inne.

„Mhhhh," er zieht die Luft tief ein und grinst sie an, „du riechst immer wie frisch gebadet." Flüstert er ihr zu.

Lisa lacht fröhlich auf, „du bist ein alter Schwerenöter, Martin Hoger."

„Darf ich Dir meinen jungen Kollegen Tom Schuch vorstellen? Noch etwas grün hinter den Ohren, aber voller Tatendrang und hungrig nach wertvollen Tipps. Tom, das ist die bestriechendste Psychologin Berlins, Lisa Weges." „Sehr erfreut hungriger Tom." Lisa ist immer für einen Spaß zu haben und geht auf den lockeren Ton ein.

Allerdings scheint dieser Tom etwas schüchtern. Er verzieht kaum eine Miene und wirkt ziemlich steif.

„Wir sind auf dem Weg zur Bar. Die Sponsoren haben sich nicht lumpen lassen. Alle Drinks frei und ´ne gute Band. Kommst du mit Lisa.“

„Ich komme nach. Stellt euch ruhig schon mal an und bringt mir ein Glas mit.“ Erfahrungsgemäß ist es voll, wenn es etwas umsonst gibt. „Machen wir,“ gibt Martin noch von sich, bevor er mit Tom im Getümmel verschwindet.

Als Lisa kurze Zeit später die Bar betritt, ist die Stimmung bereits sehr gut. Grüppchen von Kollegen stehen zusammen, lachen und reden heftig gestikulierend, um sich trotz der lauten Musik verständlich zu machen.

Schnell entdeckt sie ihren Mann Kurt, der mit ein paar Kollegen zusammen steht.

Er sieht noch immer gut aus. Trotz der weniger werdenden grauen Haare. Früher war er Spindel dünn und die paar Pfunde, die das Alter mit sich gebracht haben, stehen ihm gut. Die Studentinnen himmeln ihn noch immer an, wobei Lisa sicher ist, dass er dagegen immun ist. Als Lisa sich zu ihnen gesellt wird sie von ihm mit einem flüchtigen Kuss begrüßt.

„Schön, dass du da bist. Wir diskutieren gerade über Sinn und Unsinn der Ideen die der Redner in seinem letzten Vortrag vorgebracht hat.“ „Ich fand ihn großartig!“ setzt Lisa an, aber

Kurt ist zu sehr mit der Aufmerksamkeit beschäftigt, die ihm von allen Seiten entgegengebracht wird. Er verdreht nur die Augen, wie er es immer tut, wenn er Lisas Meinung nicht teilt. Er ist ein Macho denkt Lisa und weiß das sie ihn genau deshalb liebt.

„Ach sieh dahinten, die beiden Mädels aus Erfurt. Ich geh da mal rüber." Schon ist er weg. Lisa und Kurt sind bei solchen Veranstaltungen selten zusammen anzutreffen.

Es gibt so viele Kollegen zu begrüßen. Und obwohl Kurt eher introvertiert ist, lebt er hier förmlich auf. Er genießt es wichtig zu sein. Im Laufe der Jahre hat er sich einen hervorragenden Ruf in der Branche erarbeitet und so ist er häufig Mittelpunkt jeder Gesellschaft.

Lisa hat einen guten Platz. Mitten drin, so wie sie es liebt. Von überall kommen Kollegen, um sie zu begrüßen oder einen kleinen Schwatz zu halten. Sie sieht zur Bar ob sie Martin erblickt. Ja, er steht ziemlich weit vorn in der Reihe und flirtet mit einer blonden Schönheit. Lisa hofft, er hat sie nicht vergessen. Das ist bei ihm nicht so sicher, er ist ein Hans Dampf in allen Gassen.

Aber dieser Tom hat sie gerade erblickt und winkt ihr zu. Was für ein Greenhorn denkt sie. Groß und schlank, viel größer als Martin, eine sportliche Figur und die etwas abstehenden Ohren lassen ihn erscheinen wie einen Kleinen, zu groß geratenen

Jungen. Es hätte ihr wohl besser gefallen, wenn Martin sie

entdeckt hätte.

Lisa konzentriert sich wieder auf ihre direkten Nachbarn am

Stehtisch als ihr plötzlich jemand auf die Schulter tippt.

„Ich dachte, ich bringe mal eine dieser Wodka/Redbull

Mischungen vorbei, bevor Sie verdursten."

„Wie nett Tom, vielen Dank." Tom lächelt verwegen und schaut

ihr tief in die Augen als sie sich zu prosten. Was für

ungewöhnlich schöne Auge. Nicht braun und nicht grün, eher

etwas dazwischen. Dunkle Punkte tanzen darin und Lisa senkt

schnell den Blick.

„Ich bin Lisa, wir duzen uns hier alle."

Gibt sie zurück und errötet. Was ist das denn, denkt sie. Stehst du

jetzt auf kleine Jungs?

Tom entpuppt sich als äußerst interessanter Gesprächspartner.

Lustig, klug und interessiert. Interessiert an Lisa?

Sie kann es nicht deuten, aber sie ist geschmeichelt.

„Ich tanze nie," gesteht Tom nach einigen weiteren Red Bull,

„aber heute würde ich gern eine Ausnahme machen. Für dich und

nur für dich." Fügt er leise hinzu. Lisa zieht ihn unbeschwert auf

die Tanzfläche und genießt den Moment, in dem er seine Arme um sie legt. Er ist wirklich ziemlich groß und sie muss sich recken um auf seine leicht frechen Bemerkungen zu antworten. Sie flirten unverhohlen miteinander. Ihre Beine sind etwas wackelig und es breitet sich ein lange vermisstes kribbeln in ihr aus. Es ist der viele Alkohol beruhigt sie sich selbst, das ist nix weiter.

Hans Peter, ein alter Kollege seit vielen Jahre, steht am Rande der Tanzfläche und zwinkert ihr zu. Sein breites grinsen ist ihr etwas unangenehm und sie beschließt sich zurückzuhalten. Mit dem Alkohol und mit Tom.

Später als die Band bereits aufgehört hat zu spielen, stehen sie eng neben einander, wieder an einem der Stehtische. Es gibt so viel zu erzählen, so viel zu lachen. Natürlich haben sie viele Gemeinsamkeiten durch ihren Beruf. Aber er erzählt auch aus seinem Privatleben oder hört Lisa aufmerksam zu. „Oh du bist schon 30," scherzt sie mit ihm, „ich dachte, du bist gerade volljährig geworden!" Im Grunde ist es völlig egal wie alt er ist, es ist ein Flirt, ein Spaß und wahrscheinlich sehen sie sich nie wieder. Natürlich nehmen Sie auch an den Gesprächen teil, die die Kollegen am Tisch führen. Dennoch sind sie nicht wirklich bei ihren Gesprächspartnern. Unter dem Tisch und unbemerkt, berühren sich fast zufällig ihre Knie. Ganz vorsichtig und zart.

20

Was für ein aufregendes Gefühl denkt Lisa als sich der Druck verstärkt, sich seine Hand der ihren nähert und sich ihre Hände in einander vergraben. Dicht, fast miteinander verschlungen stehen sie da und genießen die heimliche Nähe.

„Ich muss Dir was sagen," Lisa kommt ganz nah an sein Ohr, als würde er sie sonst nicht verstehen.

„Das hier ist nicht wirklich! Da drüben am Tisch steht mein Mann und ich gehe gleich mit ihm ins Hotel.

Ich dachte, das solltest du wissen."

Tom lächelt sie an, dieses verschmitzte Jungen lächeln dem sie nur schwer widerstehen kann.

„Ich weiß." gibt er zurück, „bekomme ich trotzdem deine Handynummer?"

Ohne zu fragen, nimmt er ihr das Handy aus der Hand und tippt seine Nummer ein.

„Nun hast du auch gleich meine."

Später als Lisa in ihrem Bett liegt, neben ihrem Mann, schreibt sie eine SMS.

„Das war ein wirklich schöner Abend. Komm gut nach Hause morgen!"

„War sie das? deine große Liebe ohne Alltag?" Marta hat es sich inzwischen bequem gemacht auf Lisas großem knallgelben Sofa. Den Kopf auf Lisas Schoß und um die Beine die bunte Decke aus Indien.

„Tja, irgendwie schon, und doch nicht wirklich."

„Erzähl mir, wie es weiter ging. Bitte Lisa, ich möchte so viel von dir erfahren. Du sprichst sonst nie über dich. Hast du Kurt verlassen?"

„Nein natürlich nicht. Wir waren ein Team, wir gehörten zusammen. Lisa und Kurt, Kurt und Lisa, ein Traumpaar, nicht nur bei den Kollegen wurden wir so betitelt. Wir waren das wirklich! Ich war noch jung, als ich Kurt kennenlernte, und wir waren von Anfang an unzertrennlich. Wir haben schnell geheiratet. Kinder wollten wir nicht." Lisa unterbricht sich selbst. „Oder besser Kurt wollte keine Kinder."

Ihre Stimme wird rau.

„Wir haben ja uns hat er immer gesagt und später dann unsere Praxis. Kurt wollte Karriere machen. Der Aufbau hat unsere ganze Aufmerksamkeit gebraucht und uns aneinandergeschweißt. Wir hatten Vertrauen ineinander. Unerschütterliches Vertrauen."

„Und du hast deinen Mann betrogen. Mit einem Greenhorn?" Marta, die bisher immer mit großer Bewunderung auf Lisa geschaut hat, zieht sich ganz automatisch ein Stück von ihr zurück. Ihre Tränen sind versiegt und die Ablenkung und den Blick auf ein anderes Leben tun ihr gut.

„Nein, ich habe ihn nicht betrogen, habe ihm nichts genommen, wurde nur einfach wieder ein bisschen mehr, ich selbst. Und das auch nur manchmal." Lisa drückt Martas Kopf wieder sanft auf ihren Schoß zurück. Willst du wirklich hören, wie es weiter ging. Marta nickt und sinkt wieder zurück in diese beschützte Stellung.

So lange her!

Es vergingen ein paar Tage. Tage, in denen Lisa oft an dieses
kleine Abenteuer dachte. Das Gefühl begehrt zu werden, das
Lachen und die Vertrautheit in diesen unglaublichen Augen. Aber
es war auch genug für sie, eine kleine Schwärmerei, ein schöner
Abend und das war es. Dann diese E-Mail, auf ihrem
Geschäftsaccount.

**– Sehr geehrte Frau Kollegin, ich bin am nächsten Freitag in
Berlin und würde mich freuen, Sie auf einen Kaffee zu
treffen, um unsere interessanten Gespräche wieder
aufzunehmen. –**

Tausend Gedanken gehen plötzlich durchs Lisas Kopf. Ihr wird
heiß und kalt und das gleichzeitig. Wie soll sie das deuten? Ganz
sicher will er einen Kontakt aufbauen, also geschäftlich natürlich.
Einfach Kollegen treffen. Vielleicht sollte sie Kurt fragen, ob er
mitkommen möchte. Oder lieber nicht? Ob sie noch einmal etwas
von dem Zauber dieses ersten Abends einfangen können?
Quatsch, er ist mehr als 20 Jahre jünger als sie. Bestimmt gruselt
er sich schon bei dem Gedanken, dass er so unverschämt mit ihr
geflirtet hat. Lisa sitzt an ihrem Schreibtisch und starrt noch

immer auf die E-Mail. Was solls, ein Kaffee kann ja nicht schaden
und das kann ich auch allein. Da ist ja nun wirklich nichts dran.
Ein Kaffee mit einem Kollegen aus Aachen.

-Hallo Herr Kollege, das ist eine nette Idee und ich kann mir
gern ein Stündchen für sie frei schaufeln. Wie wäre   14 Uhr
am Potsdamer Platz? Viele Grüße Lisa Weges –

Auch wenn Lisa es sich selbst nicht eingesteht, sie war aufgeregt
wie ein junges Mädchen. Es war wie ein erstes Date. Die Tage
zogen sich endlos lang hin und Lisa überlegte unentwegt, was sie
anziehen sollte. Etwas, was jung macht, keine Businesskleidung,
etwas was schlank macht. Sollte sie vorher noch zum Friseur
gehen? Es war verrückt, sie schwankt zwischen schlechtem
Gewissen, Unsicherheit und Vorfreude.

Als es dann endlich so weit ist, entscheidet sie sich für ihre weißen
Jeans und einem leichten schwarzen Pullover, der locker über
ihren Po fiel. Schwarze Sandaletten mit einem kleinen Absatz
machen ihr Outfit komplett. Kein Friseur! Du bist doch nicht
ganz dicht, schimpfte sie mit sich selbst. Es ist ein geschäftliches
Treffen mit einem jungen Kollegen zum Kaffee. Aus!!!

Lisa ist pünktlich an der großen alten Uhr am Potsdamer Platz in Berlins Mitte und schon von weiten sieht sie ihn stehen. Wie sie, in lockerer Kleidung. Jeans und ein helles Hemd. Er sah gut aus mit seiner kleinen Brille und den leicht abstehenden Ohren. Seine braunen Locken mit dem leichten Stich ins rötliche sind kurz geschnitten. Er war beim Friseur denkt sie und grinst in sich hinein. Er lächelt als er sie sah und kommt auf sie zu.

„Schön, dass du dir eine Stunde freischaufeln konntest," grinst er sie frech an.

„Was tut man nicht alles für den Nachwuchs." Kontert Lisa und damit war ihre Angst und Unsicherheit verflogen. „Hast Lust auf Kultur?" Fragt sie ihn, denn es war ganz typisch für Lisa, dass sie einen Plan hatte.

„Es gibt eine Skulpturenausstellung aus Sand. Nicht weit von hier und ich wollte sie schon lange einmal ansehen, bevor es regnet und der Regen die Skulpturen mit sich nimmt." „Perfekt", greift er ihren Vorschlag auf und sie schlendern zusammen Richtung Ausstellung.

Nie gibt es einen Moment der Stille zwischen ihnen, gerade so, als hätten sie schon lange darauf gewartet, dem anderen aus ihrem Leben zu erzählen. Es ist vertraut und trotzdem aufregend. Lisa ist nicht entgangen, dass er heute keinen Ehering trug. Trotzdem war sie noch immer davon überzeugt, dass dies hier ein harmloses Treffen unter Kollegen war. Sie berühren sich nicht und ihre Gespräche gehen um berufliche oder weltliche Themen. Nicht belanglos aber auch nicht zu privat. Das Thema Ehe und Familie wird nicht im Entferntesten angesprochen. Er verschweigt aber auch nicht das er verheiratet, und seine kleine Tochter erst zwei Jahre alt ist. Das ist es aber auch schon an internem. Die Skulpturen hätten sie nicht wirklich ansehen müssen. Nicht weil es nicht interessant war, vielmehr weil sie, so sehr mit sich selbst beschäftigt sind.

Plötzlich bleibt er stehen. „Das soll Mutter Erde sein? Eine dicke Frau? So will ich sie aber nicht sehen." Er zeigt auf eine Sandskulptur, die eine Frau darstellt. Sie breitet ihre fetten Arme über Kinder, die die Kontinente waren, als würde sie sie beschützen. Sofort krampft sich Lisas Magen zusammen. Er findet dicke Frauen schrecklich. Wie so oft zieht Lisa solche Bemerkungen auf sich, obwohl sie nicht wirklich dick ist. Aber noch bevor sie sich weitere Gedanken über seine unbedachte Bemerkung machen kann, sind sie am Ende der Ausstellung angelangt.

„So, jetzt mache ich das Programm," grinst er sie an. „Wie wäre es mit einem Cocktail da drüben an der Strandbar. Damit haben wir beim letzten Mal aufgehört, also machen wir einfach da weiter." Es ist warm und sonnig an diesem Tag und als sie nebeneinander in den Liegestühlen sitzen ist es wie ein kleiner Urlaub. Weit weg vom Alltag. Lisa hat all ihre Vorbehalte vergessen. Noch immer gibt es eine Vielzahl an Themen und der Umgang miteinander ist unbeschwert und vertraut.

Lisa spricht über ihre Träume, Dinge die sie tun möchte. Auf den Jacobs Weg gehen zum Beispiel, und er hört ihr zu. Nimmt sie ernst, traut ihr Dinge zu vor denen sie insgeheim Angst hat. Als der Hunger sich bemerkbar macht, wechseln sie die Location und niemand denkt daran den gemeinsamen Tag zu beenden. Später landen sie noch in einer kleinen Bar und Lisa hat versprochen ihn zu seinem Freund zu fahren, der etwas außerhalb der Stadt wohnt. Noch immer ist der Gesprächsstoff nicht ausgegangen und sie stehen dicht beieinander an der Theke. Lisa weiß nicht wie ihr geschiet, als er sich plötzlich ihrem Gesicht nähert. Sie dreht ihren Kopf um ihn anzusehen, und wie von selbst nähert sich sein Mund dem ihren. Ihre Lippen berühren sich und es ist als wenn ein elektrischer Schlag durch ihren gesamten Körper fährt.

Dieser erste Kuss zwischen ihnen, in einer verrauchten kleinen Bar in Berlin, verändert alles. Sie vergessen ihre Umgebung und können nicht mehr voneinander lassen. Lisa kann sich nicht daran erinnern, so etwas schon einmal gefühlt zu haben. Sobald sie wieder klar denken kann, schießt es ihr durch den Kopf, wie verrückt das Ganze ist. Ich bin über 50 und knutsche hier mit einem gerade 30 gewordenen, mir fremden Mann in der Öffentlichkeit. Zum Glück ist es ziemlich dunkel hier. „Lass uns gehen," flüstert er an ihr Ohr und küsst sie ein weiteres Mal.

Während sie die paar Kilometer heraus aus der Stadt fahren, lässt er keinen Moment die Hände von ihr. Er streicht zärtlich über ihr Knie und lässt seine Hand auf ihrem Oberschenkel liegen. Lisa fühlt ihre Sinne schwinden, so als hätte sie zu viel getrunken. Kurz vor dem Ziel lenkt sie den Wagen in einen kleinen unbewohnten Waldweg und noch bevor der Motor zur Ruhe kommt, sind beide nur noch miteinander beschäftigt. Fast nackt und kaum noch Herr über ihre Sinne flüstert sie in sein Ohr.
„Hast du ein Kondom dabei?" Er lacht sie offen an.
„Nein, ich hatte nicht zu hoffen gewagt, dass ich eins brauchen könnte. Lass uns warten bis zu unserem Wiedersehen. Dann bringe ich gleich mehrere mit."

Er küsst sie auf die Nasenspitze und im Grunde ist Lisa froh, dass es nicht zum letzten kommt, hier in ihrem engen VW Käfer. Wohlweislich verschweigt sie ihm, dass sie aus einem nicht zu erklärenden Gefühl, vor ihrem Treffen Kondome besorgt hat, die jetzt in ihrer Tasche schlummern.

Lisa blickt auf Marta herunter, die auf ihrem Schoß eingeschlafen ist. Sie sieht so zerbrechlich aus, wie ein kleines Mädchen, wie das Kind was Lisa nie hatte. Mit geschlossenen Augen lehnt sie sich zurück.

Sie will Marta nicht wecken. Einfach nur dasitzen, den Gedanken nachhängen und die wärmende Nähe der jungen Frau genießen.

Marta erwacht vom Duft des Kaffees, der durch die Wohnung zieht. Zugedeckt mit einer weichen Decke braucht sie einen Augenblick, um sich an den Abend zu erinnern. Zuviel Tränen, zu viel Sherry und das Leben von Lisa. Geöffnet wie eine geheime Truhe.

„Der Kaffee ist fertig." Flötet Lisa, die mit zwei Tassen in der Hand das Wohnzimmer betritt.

„Wie geht es Dir meine süße?" Marta denkt kurz nach.

„Traurig und getröstet zu gleich." Lächelt sie ihr gegenüber an. „du bist wunderbar Lisa. Du bist mein Seelenwärmer."

Lisa streicht über ihr Haar und hält ihr den duftenden Kaffee unter die Nase.

„Mach dich fit für den Tag meine Liebe. Ich entlasse dich jetzt in das wahre Leben und wenn du möchtest, koche ich heute Abend für dich und wir machen uns an eine Problemlösung. Was meinst du?"

Dankbar nickt Marta stumm und genießt diesen unglaublich leckeren Kaffee, bevor sie sich auf den Weg zur Arbeit macht.

„Komm rein," ruft Lisa. Sie hat die Tür einen Spalt geöffnet gelassen und werkelt in der Küche. Marta betritt die Wohnung von Lisa und blickt sich immer wieder staunend um. Diese Vielfalt von Gegenständen fasziniert sie jedes Mal, wenn sie bei ihrer Freundin zu Besuch ist. Immer wieder entdeckt sie Neues und spannendes in der gemütlichen Wohnung. Sie erzählt Geschichten von dem Leben, das Lisa geführt hat. Dinge, die sie zusammengetragen hat. Gebastelte Vasen, kleine bedruckte Deckchen und eine Vielzahl an Fotografien. Auf den meisten Bildern ist Lisa mit ihren Schützlingen auf der ganzen Welt zu sehen. Kinder, aber auch Erwachsene die sie liebevoll ansehen oder im Arm halten. Lisa tritt in den Flur, zwei Gläser in der Hand. „Alles meine Kinder!" sagt sie stolz. „Ich weiß," antwortet Marta, „das ist wundervoll."

Einmal hat sie miterlebt, wie Lisa Besuch aus Indien hatte. Eine junge Frau aus einem der Kinderheime in dem Lisa gearbeitet hat. Sie hat es geschafft, aus dem Slum bis hin zu einem Studienplatz in Deutschland zu kommen. Es war eine besondere Begegnung. Ihr Name war Ajala, die Erde, sie war zart und feingliedrig. Ihre Bewegungen waren voller Grazie. Ajala hat für sie und Lisa gekocht und sie haben lange zusammengesessen und von ihren so unterschiedlichen Kulturen gelernt.

Lisa hält ihrem Schützling ein Glas unter die Nase. „Ich habe Dir meinen Spezial Gin gemixt, zur Entspannung und als Einstimmung auf das Essen." Hier in diesem geschützten Raum dieser liebevoll eingerichteten, bunten Mischung eines langen Lebens, vergisst Marta für einen Moment ihre Sorgen. Sie lächelt ihr gegenüber an und greift nach dem ihr hingehaltenem Glas.

Während des Essens erzählt Marta von ihrem Tag. Ihr Job in der Stadtbibliothek macht ihr noch immer viel Spaß. Sie liebt die Literatur und ihr Studium zur Bibliothekarin hat sie genau dort hingebracht, wo sie sein wollte. Beide Frauen lieben Bücher und tauschen sich gern und sehr ausdauernd über alte und neue Veröffentlichungen aus.

Auch das verbindet sie, denn jegliche Art von Reiseliteratur fesselt beide Frauen. Heute spricht Marta über ihre Träume. Ob sie diese fernen und exotischen Orte nicht selbst einmal sehen sollte.

„Ich glaube ich würde gern reisen. So wie du." Sinniert sie fast mehr zu sich selbst.

„Warum tust du es nicht?" fragt Lisa sofort.

„Ich glaube ich habe Angst das damit mein Alltag zu sehr gestört wird. Meine Ordnung." Sie errötet während sie das erste Mal so klar darüber spricht.

„Das braucht dir nicht peinlich zu sein. Das geht vielen Menschen so. Die Angst vor dem Fremden, vor Situationen die man nicht kennt." Lisa macht eine kurze Pause bevor sie fortfährt.

„Und in der Zwischenzeit zieht dann das Leben an ihnen vorbei." Schließt Lisa und beobachtet Marta ganz genau.

„Vielleicht bin ich aber eher Heimatverbunden, ein Stubenhocker. Manchmal denke ich darüber nach, wie ich meine liebe zu den Büchern und mein Hobby, zu kochen, unter einen Hut bringen kann."

„Das ist eine großartige Kombination." Lisa zeigt Begeisterung über diese Idee. „Spinne einfach ein bisschen in Deinen Gedanken weiter. Irgendwann bildet sich etwas Greifbares daraus. Apropos essen, möchtest du noch einen Löffel?" fragt Lisa und hebt die Kelle, die sich im Topf vor ihr, auf dem Tisch befindet.

„Oh nein, Lisa ich werde platzen, wenn ich jetzt nicht aufhöre zu essen," lacht Marta. „Deine Königsberger Klopse sind wohl das Leckerste, was ich je gegessen habe."

„Danke, das freut mich," antwortet Lisa stolz. „Dann brauchen wir noch etwas zum Verteilen" lacht sie und schon greift sie nach einer Flasche Herbas und zwei Gläsern, die sie in Griffweite bereitgestellt hat. Marta bemerkt seit einiger Zeit, dass Lisa so wenig wie möglich in ihrer Gegenwart läuft. Offensichtlich will sie nicht das Marta bemerkt wie schwer ihr jede Bewegung fällt.

„Hat er sich gemeldet," fragt Lisa unvermittelt. Sofort füllen sich Martas Augen mit Tränen.

„Ja, ich hatte 15 Anrufe von ihm. Bin aber nicht ran gegangen."

„Warum nicht?" fragt Lisa entsetzt und Marta hebt die Schultern wie ein bockiges Kind.

„Willst du nicht wissen, was er Dir zu sagen hat?" Wieder antwortet Marta nicht und macht eine abwehrende Handbewegung.

„Marta, Schätzchen, Angst ist kein guter Begleiter. Gib euch eine Chance. Was willst du nicht von ihm hören? Was glaubst du, will er dir sagen?"

„Er will mit mir Schluss machen." Antwortet Marta endlich.

„Er wird mir sagen, dass er mich nicht liebt, dass er mich nicht wiedersehen will."

„Deshalb ruft er 15-mal an. Wirklich anständig von ihm!" Marta zieht einen Flunsch. Sie kennt inzwischen Lisas trockenen Humor und ihre ironischen Bemerkungen.

„Tja, wenn das so ist, wirst du es nie genau erfahren. Du wirst eine alte traurige Frau sein, die immer darüber nachdenkt, was er wohl gesagt hätte."

„Ach Lisa, ich habe solche Angst. Hätte ich bloß nichts gesagt, hätte ich ihn bloß nicht so unter Druck gesetzt." Wieder bricht Marta in Tränen aus.

„Doch, dass war richtig. Du musstest das sagen, weil es dich bewegt hat. Weil du den Wunsch hattest, mit ihm zusammen zu leben, weil du hofftest es geht ihm ebenso. Es war richtig, es anzusprechen, nur.."

„Sag schon, was ist … nur?" fragt Marta leicht angriffslustig.

„Nur..., wäre es wohl gut gewesen, zu reden und zu hören, was und warum er nicht gleich einen Freudensprung gemacht hat. Manchmal sind es die kleinen, gut zu akzeptierende Gründe, meist hilft es zu Verstehen."

„Wie war das bei Dir? Taten sich bei Dir und Tom solche Fragen überhaupt auf? Erzähl mir, wie es weiter ging, nach dem Tag der im Auto endete," lenkt Marta ab und Lisa greift wieder zu ihrem Beistelltisch. Diesmal nach einer Flasche Rotwein und zwei Gläsern. Sie gießt großzügig ein und lehnt sich im Stuhl zurück.

Erinnerungen werden wach

Die nächsten Tage waren für Lisa eine gefühlsmäßige Achterbahn. Sie schwankte zwischen Glückseligkeit und Unfassbarkeit. Was ihr da passiert war, konnte sie nicht einordnen. Es war so aufregend und es fiel ihr schwer, an etwas anderes zu denken. Selbst wenn er sich nie mehr bei ihr melden würde, es war jede Minute wert. Dieser unglaubliche Tag, so fern vom Alltag, der nur ihr gehörte. Ihnen gehörte. Sie war überrascht, als sie bemerkte, dass sie bei allem Gefühlschaos eins nicht spürte. Sie hatte kein schlechtes Gewissen.

Am Ende des Tages hatten sie geheime Emailadressen ausgetauscht um sich ohne Angst vor Entdeckung austauschen zu können. Am Montag dann kam die erste Nachricht von Tom.

-Ich bin wieder zu Hause, ich arbeite und funktioniere, aber in Gedanken bin ich in einem alten VW Käfer mit einer unglaublich aufregenden Frau. Wir müssen das wiederholen. Nur noch intensiver.

Ich möchte dich nackt vor mir sehen, viel Platz um uns herum, damit ich dich ansehen, deine Lust sehen, spüren und riechen kann. -

Oh mein Gott. Lisa ist geschockt und erregt zugleich. Wie soll sie darauf reagieren? Sie ist ganz sicher nicht prüde, aber diese Dinge in Worte verpacken, geschriebene Worte, das war ihr unmöglich. Was erwartet er von ihr. Wie sollte ihre Antwort aussehen? Sie denkt eine Weile darüber nach, bevor sie antwortet.

-Zu Hause bin ich auch, ich arbeite und funktioniere, aber in Gedanken bin ich bei einem Mann, der mir den Atem raubt. Wann und wo? -

Es vergehen fast drei Monate und unzählige, sehr direkte, anregende, aufregende E-Mails, bis ein Wiedersehen konkret wird. Kurt ist auf Vortragsreise in England. Er hat eine Therapie entwickelt, die es so noch nicht gab. Durch einen von ihm veröffentlichten Artikel in verschiedenen Fachzeitschriften ist ihm große Aufmerksamkeit zu Teil geworden und er hält Vorträge auf internationalen Kongressen. „Fahr allein Kurt, ich habe so viel Termine und hinke mit meinen Vorbereitungen für einen Kurs hinterher, den ich in zwei Wochen geben werde. du schaffst das auch ohne mich," lächelt Lisa ihren Mann an. Meist reisen sie zusammen zu den großen Events ihrer Branche, aber manchmal kommt es auch vor, dass sie sich für ein paar Tage trennen.

Tom hat ein Zimmer in einem kleinen Landhotel reserviert.
-Ich habe gleich die Juniorsuite gebucht. Dann haben wir ausreichend Platz, um uns durchs ganze Zimmer zu vögeln. -

Inzwischen hat Lisa sich etwas an diese Art von E-Mails gewöhnt. Sie musste zugeben, dass sie diese Art der Kommunikation mochte, anregend fand. Sie gehörten zu ihrem Austausch, aber es ging nicht ausschließlich um Sex darin. Meist erzählten sie sich von ihrem Alltag, philosophierten über das Leben oder ihre Arbeit.

Als sie mit ihrem Auto auf den Parkplatz des kleinen abgelegenen Hotels fährt, sieht sie ihn schon an seinem Auto stehen. Warum lächelt er schon wieder so frech, leicht spöttisch, fragt sie sich, bevor sie aussteigt.
„Ich hab schon von weitem gehört das du es bist," sagt er zur Begrüßung. „dein Fahrstil ist unverkennbar."

„Hallo Tom, ja ich freue mich auch dich zu sehen," antwortet Lisa und gibt ihm zur Begrüßung einen Kuss auf die Wange. Er hält ganz scheu die Wange hin, denkt sie. Wie passt das zu seinen E-Mails, fragt sie sich verwundert. Vielleicht ist er jetzt doch erschrocken über mein Aussehen, mein Alter, das er im dunklen Auto bei ihrem letzten Treffen nicht so wahrgenommen hat. Aber nun ist es, wie es ist. Sie greift beherzt ihre Tasche aus dem Kofferraum, die er ihr ganz Gentleman Like natürlich abnimmt. Der Weg in ihr Zimmer scheint ihr lang. Das erste Mal, seit sie sich kennen, sind sie sprachlos. Mehr als ein flüchtiges Lächeln ist im Augenblick nicht zu erhaschen. Kein Sex im Fahrstuhl so wie er es in einer E-Mail angekündigt hat, nicht einmal ein Kuss, keine Berührung. Im Zimmer angekommen legt sich die Fremdheit zwischen ihnen langsam. „Ich habe da schon mal was vorbereitet," bricht Tom das Schweigen. „Du hattest ja kürzlich Geburtstag und ich dachte, Champagner wäre angemessen." Auf dem Tisch stehen bereits zwei Sektgläser und Tom zaubert eine Flasche aus der Minibar.

„Hierfür musste ich die ganze Minibar ausräumen, um Platz zu finden für dieses leckere Gesöff."

Na, geht doch, denkt Lisa.
Die alte Vertrautheit stellt sich ein. Tom gießt die Gläser voll und sie prosten sich zu. Die Ruhe zwischen ihnen ist vergangen. Sie nehmen ihre Gespräche auf, als wären sie nicht getrennt gewesen.

Sie sitzen sich gegenüber auf der Bettkante und reden, ohne sich auch nur einmal zu berühren.

Es ist eine entspannte Atmosphäre, es gibt keinen Druck irgendetwas Bestimmtes zu tun. Die Zeit vergeht schnell und beide haben sich völlig in ihren Gesprächen verloren. Tom steht auf und tritt ans Fenster.

„Möchtest du ein bisschen spazieren gehen? Die Sonne scheint noch und es gibt bestimmt einen Weg um den See." Lisa stellt sich dicht neben ihn.

„Nein, ich möchte nicht spazieren gehen." Ohne ein weiteres Wort dreht er sich zu ihr um und nimmt ihr Gesicht in seine Hände. „Ich auch nicht." Haucht er an ihr Ohr und legt sanft seine Lippen auf ihre. Vorsichtig saugt er an ihrer Unterlippe bevor er sanft mit seiner Zunge über ihre Lippen fährt. Lisa stöhnt leise auf bevor sich dieses Spiel in einen leidenschaftlichen Kuss verwandelt. Zusammen sinken sie auf das Bett und ihr seit Monaten aufgestautes Verlangen, bricht sich Bahn in einer nicht endenden Vereinigung ihrer Körper.

Als Lisa wach wird, dämmert es schon am Horizont. Leise schleicht sie aus dem Bett ins Badezimmer.

Ein Blick in den Spiegel verrät, wie die Nacht war. Die Augen verschmiert vom Rest des Make-ups, aber sie strahlen, leuchten, sind voll von den Erlebnissen der letzten Stunden. Schnell springt sie unter die Dusche und bringt sich in Ordnung, bevor sie wieder unter die Bettdecke schlüpft. Sofort schläft sie noch einmal ein.

Als sie ein weiteres Mal an diesem Morgen erwacht, sieht sie in zwei braun/grüne was auch immer für Augen, an denen sie das Lächeln erkennt, ohne dass sie den Mund sehen muss.
„Hunger!" ist das erste Wort, was sie herausbringt. Tom lacht.
„Wir haben wohl vergessen zu essen, gestern Abend." „Wir hatten Besseres zu tun." gibt Lisa zur Antwort. „Wann musst du weg Tom?"
„Gegen elf Uhr wäre gut. Wir sind heute Abend eingeladen und da darf ich auf keinen Fall zu spät kommen."
Und plötzlich ist es wieder da, ihr normales Leben, das sie einfach völlig ausgeblendet haben.
„Dann lass uns frühstücken gehen." Tom nickt und geht ins Bad. Lisa ergreift die Gelegenheit sich anzuziehen.
Die Sonne scheint schon hell ins Zimmer und sie will nicht das er sie nackt sieht, bei hellem Licht und bei den profanen Tätigkeiten des Ankleidens.
Es ist eine eigenartige Erfahrung, hier mit ihm zu frühstücken. Lisa hat das Gefühl, das die Blicke der anderen Frühstücksgäste auf ihnen ruhen. Denken sie wohl darüber nach ob es sich bei Ihnen um Mutter und Sohn handelt? Lisa legt ihre Hand auf die von Tom, irgendwie ist sie stolz darauf, mit ihm hier zu sein. Ein so gutaussehender junger Mann und sie selbst.

Ein bisschen pummelig und nicht mehr ganz jung. Obwohl, ihr wirkliches Alter sieht man ihr noch nicht an. Ziemlich oft wird sie um einige Jahre jünger geschätzt. Allerdings sieht Tom ebenfalls um einige Jahre jünger aus als er wirklich ist.

Sie hängt ein wenig ihren Gedanken nach, als Tom seine Hand zurückzieht. Keine Berührung in der Öffentlichkeit? Ist er schüchtern oder ist es ihm peinlich, hier mit ihr als Paar wahrgenommen zu werden?

Sie ist verunsichert und kaut wenig freudvoll an ihrem Brötchen. Was war das hier für ihn?

Nur eine Nacht voller gutem Sex?

Und vor allem fragt sie sich, was ist sie für ihn? Mittel zum Zweck?

Die Hälfte der Zimmerrechnung übernehme ich, teilt Lisa ihm mit, als sie im Fahrstuhl auf dem Weg nach unten sind. Tom nickt nur und weicht ihrem Blick aus. Die Verabschiedung ist kurz und schmerzlos, oder ist sie auf Lisas Seite eher schmerzvoll? Am Auto angekommen wartet er bis sie ihre Tasche im Kofferraum verstaut hat.

„Komm gut nach Hause und wir hören dann." Ein flüchtiger Kuss und vorbei.

Als Lisa mit dem Auto vom Parkplatz fährt, rollen ihr Tränen über das Gesicht. Sie weiß selbst nicht genau was das für Tränen sind.

Überwältigt von der letzten Nacht Tränen?
Glückstränen?
Trennungsschmerztränen?
Sie weiß es nicht, nur eins weiß sie, der Abschied war dem was
vorher gegangen ist, nicht würdig.

Am Dienstag dann eine E-Mail von Tom. Er berichtet von der
Rückfahrt und einem kniffligen Fall in der Praxis.
Eine E-Mail, so wie es oft zwischen ihnen ist. Voll Vertrauen, und
dem Wunsch den anderen einzubinden, in die eigenen Gedanken.
Nur diesmal wartet Lisa auf etwas Intimeres, auf ein Zeichen,
dass es ihn glücklich gemacht hat mit ihr zusammen zu sein.
Einzig am Ende ein flüchtiges.
-Schön wars, das müssen wir wiederholen! -
Ist das sein Ernst? Will er sie wirklich wiedersehen oder ist das
eine Floskel, um nichts erklären zu müssen?
Wird es eine Fortsetzung geben? Lisa weiß, dass dies keine
Beziehung ist, die in irgendeiner Weise von Dauer sein wird. Das
will sie auch gar nicht. Beide sind verheiratet und Lisa ist
glücklich mit Kurt, meistens zumindest.
Aber dass es hier und jetzt endet, will sie auch nicht. Dafür ist es
zu schön mit ihm.

Ein bisschen könnte es noch weiter gehen.

Lisa gehört nicht zu den Frauen die lange zetern und hadern,

wenn sie etwas auf dem Herzen haben.

Sie ist gerade heraus und hakt nach.

-Bist du sicher das du das willst? Eine Wiederholung?-

Es dauert nicht lange, bis die Antwort kommt.

-Wieso nicht? Wird das jetzt schon kompliziert mit uns? -

Lisa ist geschockt. Was war denn kompliziert an dieser Frage?

Ohne viel nachzudenken, tippt sie ihre Antwort auf der Tastatur

ihres Computers.

-Ich hatte den Eindruck, dass du keine Wiederholung willst,

und das wollte ich lediglich wissen. Nicht mehr und nicht

weniger. Und ich dachte ich könnten dich alles Fragen und

alles sagen. Wenn nicht Dir, wem dann? -

Die Antwort lässt nicht lange auf sich warten.

-Du hast Recht. Sorry. Ja, ich möchte dich sehr gern

wiedersehen und wieder spüren. Jeden Zentimeter Deines

Körpers berühren. –

„Siehst du Marta, das ist, was ich meine. Es ist richtig, zu sagen, was einem das Herz schwer macht, und das hast du getan. Es war richtig, zu sagen, aber zu zuhören ist noch Wichtiger. Ruf ihn an oder schreib ihm eine Nachricht. Gebe euch eine Chance Marta. Du würdest es sonst für den Rest deines Lebens bereuen. Und wenn er dich nicht mehr will, dann hat er dich nicht verdient."

Marta blickt Lisa dankbar an. Wieder schimmern Tränen in ihren Augen, aber diesmal sind sie gemischt mit Zuversicht. Marta hat schon lange kein gutes Verhältnis mehr zu ihrer Mutter. Sie hat einige wirklich gute Freundinnen, aber niemand hört ihr so zu wie Lisa. Lisa und ihr großes Herz, zusammen mit viel Lebenserfahrung und Humor.

„Ich danke Gott, dass ich dich gefunden habe." Spricht Marta aus, was sie schon lange denkt und greift nach Lisas Händen.

„Danke lieber Deinem Makler, dass er dir die Wohnung neben mir angeboten hat."

Beide Frauen Lachen und genießen das Zusammensein. Später als Marta gegangen ist, zieht Lisa sich in ihren bequemen Sessel zurück. Sie fühlt sich schwach und dennoch glücklich. Schwach ist Lisa in der letzten Zeit oft.

Gestern musste sie schweren Herzens ihr wöchentliches Lesen im Seniorenheim absagen. Sie konnte sich einfach nicht aufraffen. Aber glücklich ist sie, weil sie Marta ein bisschen aufheitern konnte. Leicht beschwipst hat sie gegen 22 Uhr ihre Wohnung verlassen und Lisa zum Abschied fest in den Arm genommen.

„Heute werde ich gut schlafen und bevor ich einschlafe, werde ich eine Entscheidung treffen,"

zwinkert sie ihr zu und öffnet die Wohnungstür.

„Ich liebe dich Lisa."

„Ich liebe dich auch mein Kind," flüstert Lisa ihr hinterher.

Lisa will noch nicht ins Bett gehen. Sie schläft schlecht im Augenblick. Ist doch klar das du nicht schlafen kannst, schimpft sie mit sich selbst. Du tust ja auch nichts mehr über den Tag. Hangelst dich von einem Stuhl auf den nächsten. Nun reiße dich mal zusammen, sagt ihr ihre innere Stimme, sonst stirbst du hier einfach so langsam vor dich hin. Heute will Lisa auch noch nicht schlafen. Zu viele Erinnerungen steigen in ihr hoch. Ach Tom, denkt sie, ich habe mir so lange verboten, an dich zu denken, und jetzt ist alles wieder da.

Als wäre es gestern gewesen

Beide wissen, dass ihre Beziehung oder wie auch immer man es nennen möchte, keine Zukunft hat und doch wollen sie nicht voneinander lassen. Fast täglich tauschen sie sich aus. Meist mit E-Mails aber manchmal telefonieren sie auch miteinander. „Ich musste jetzt wirklich mal wieder deine Stimme hören," hört sie ihn und spürt sofort sein schelmisches Grinsen. „Manchmal denke ich, du bist ein Phantom. Ein Phantom, von dem ich träume, dass aber nicht real ist."

„Ich bin ganz real," gab Lisa zurück „und das würde ich Dir gern zeigen. Mit ganz realen Handlungen."

Lisa hat die Scheu verloren, offen über ihre Wünsche zu sprechen. Vor Tom hat sie nie scheu, ein ganz unwirkliches Gefühl. Kein Verstellen, keine Spielchen, bei ihm ist sie pur, ganz Lisa wie sie leibt und lebt.

„Es ist fast ein Jahr her Tom. Lass es uns wieder real machen."

„Was hast du vor in der nächsten Zeit? Keine Vortragsreise geplant. Etwas von Interesse für einen jungen Kollegen, der von seiner erfahrenen Kollegin lernen will."

„Doch, da hätte ich etwas im Angebot. Dresden in zwei Wochen. Ein Vortrag über zu viel Realität im Umgang mit Träumen. Interesse?"

„Und ob, wo kann ich mich anmelden?"

Als Lisa zwei Wochen später im Zug nach Dresden sitzt, ist sie wieder da, diese Unsicherheit, diese Überlegungen wegen des Altersunterschiedes. Um sich abzulenken, hat sie sich eine dieser typischen Frauenzeitschriften gekauft. Die Überschrift hat sie angelockt. **Zeig dich, wie du bist!** Jetzt taucht sie ein in diesen Artikel, der zum Leitartikel der Ausgabe aufgezogen ist. **Es ist egal, ob du Cellulite hast, oder einen zu dicken Po, kleine Makel zu zeigen ist leben. Es ist lebendiger offen zu zeigen was du hast, als dich nach gutem Sex mit einem Handtuch verhüllt ins Bad zu flüchten oder das Licht zu löschen, nur damit er dich nicht nackt sieht.**

Lisa lächelt. Das haben die wohl für mich geschrieben, denkt sie und vertieft sich in den weiteren Artikel. Alles was sie da liest, weiß sie natürlich. Sie ist Psychologin, sie befasst sich jeden Tag mit den Ängsten und Vorbehalten der Menschen. Aber irgendwie ist es etwas anderes, wenn es um einen selbst geht. Diese recht profane Empfehlung einer Frauenzeitschrift allerdings, macht Lisa klar, was sie ändern könnte. Ja, denkt sie, wenn er mich nicht will, wie ich bin, würde er sich nicht wieder mit mir treffen.

Schon beim Einfahren des Zuges in den Bahnhof entdeckt sie ihn. Er steht angelehnt an einen Pfeiler. Sehr lässig, jungenhaft. Es jubelt in ihr. Er erwartet mich schon. Er trägt Jeans und ein weißes Hemd. Breite dunkelrote Hosenträger geben ihm so etwas verwegenes. Sehr sexy denkt Lisa.

Heute gibt es einen Kuss zur Begrüßung, zwar kurz aber immerhin. Sie gehen nie Hand in Hand, nie legt er seinen Arm um sie und dennoch fühlt Lisa sich sofort wohl in seiner Nähe, weil sie sich auch ohne Berührung sehr nahe sind.

„Ich habe ein Hotelzimmer gebucht. Für mich," neckt Lisa ihn auf dem Weg ins Hotel.

„Dann muss ich mich wohl hineinschleichen."

„Ich habe eine bessere Idee," sagt sie leise auf dem Weg zur Rezeption.

„Guten Morgen, Lisa Weges, ich hatte ein Einzelzimmer gebucht. Nun hat sich mein Mann kurzfristig entschieden mitzureisen. Ist es möglich...." Lisa wird von der netten Rezeptionistin unterbrochen.

51

„Selbstverständlich Frau Weges, unsere Zimmer verfügen alle über Doppelbetten. Darf ich auch gleich zwei Personen für das Frühstück einbuchen?"

Irgendwie hat Lisa das Gefühl, die Dame an der Rezeption grinst unverschämt zu Tom, der etwas abseits stehen geblieben ist.

„Du glaubst wirklich die hat Dir das abgenommen, das mit dem Mann? Du bist unglaublich."

Lisa ist ein bisschen beleidigt. „Es ist also völlig abwegig das Du mein Mann bist? Ich habe schon öfter gehört.

dass junge Männer ältere Frauen bevorzugen." Er lässt diesen Kommentar unbeantwortet und sie nehmen

den Aufzug zu ihrem Zimmer.

Dieses Mal nimmt er sie sofort in die Arme und bereits diese Geste verschlägt Lisa den Atem.

„Ich hatte heute ein seltsames Gespräch im Zug." Erzählt Lisa als sie sich später in einem kleinen Restaurant gegenübersitzen.

„Neben mir saß eine junge Frau und sie hat gefragt warum ich nach Dresden reise. Ich treffe meinen............ tja, und da bin ich ins Stocken geraten." Tom sieht sie interessiert an. Er ist immer interessiert an dem, was sie sagt. Nie hat sie erlebt, dass er nur mit halbem Ohr zu hört oder das er abgelenkt in eine andere Richtung sieht. Wenn er da ist, ist er auch wirklich ganz und gar bei ihr. „Warum," fragt Tom, „warum bist du ins Stocken geraten?"

„Ich wollte sagen, um mich mit meinem Freund zu treffen, aber irgendwie war das nicht ganz richtig. Es war ein bisschen peinlich," grinst Lisa verlegen, „ich habe rum gestottert. Mit meinem… Freund… Liebhaber, Kollegen." Tom grinst. „Es gefällt mir das ich so viel für dich bin." Lisa greift über den Tisch und legt ihre Hand auf die von Tom und diesmal lässt er es zu. Er sieht ihr tief in die Augen bevor er sagt;
„Irgendwie sind wir alles für einander. Alles und nichts."

In dieser Nacht schlafen sie wenig. Es gibt so viel zu tun und zu reden. Es ist als hätten sie Angst etwas zu versäumen, müssten sie die lange Zeit der Trennung aufholen. Abwechselnd lieben sie sich und erzählen einander was sie bewegt. Tom wird an einem Autorennen in Monaco teilnehmen und ist mächtig stolz auf sein selbst getuntes Auto. „Ist das nicht gefährlich." Lisa sieht ernsthaft besorgt aus und Tom lacht ihr entgegen.
„Das Leben ist gefährlich und endet mit Sicherheit mit dem Tod."
„Tom lass das," gibt Lisa zurück, „das ist nicht lustig." Bevor sie weiter darüber nachdenkt liegt er über ihr.

Es dauert zwei Tage bis Marta sich meldet. Lisa ist erschöpft an diesem Nachmittag. Heute war wieder Probe im Kirchenchor. Sie bereiten sich schon auf das bevorstehende Konzert zum Winzerfest vor. Lange ist es nicht mehr und die Aufregung steigt bei allen Chormitgliedern. Sie liebt es zu singen, auch wenn sie nicht die begnadetste Sängerin ist. Aber im Chor fällt das nicht so auf. Sie singen Gospels und das Zusammensein mit den Menschen verschiedenen Alters und der Schwung, der sie ansteckt ist zu ihrer liebsten Beschäftigung geworden. Wenn sie singt und sich dabei ihr Körper rhythmisch hin und her bewegt, ist sie wieder jung. Aber heute ist es ihr schwergefallen. Kein wirklich langer Weg, ein paar Straßen entfernt von ihrer Wohnung, aber heute hat es lange gedauert. Lisa musste einige Pausen einlegen, um zu Atem zu kommen, und ganz langsam einen Fuß vor den anderen setzen. Gerade als sie sich auf den Küchenstuhl fallen gelassen hat, klingelt es Sturm an der Wohnungstür.

Das muss Marta sein, denkt sie. Niemand sonst lässt den Finger so lange auf der Klingel wie Marta. Sie hat es immer eilig und nichts geht schnell genug. Mühsam zieht sich Lisa vom Stuhl hoch und geht mit langsamen Schritten zur Tür.

„Wie wunderbar," begrüßt sie Marta, „eine lächelnde Marta mit glänzenden Augen. Komm herein und berichte, was dich in diesen Zustand versetzt hat."

Bevor sie anfängt, Lisa alle Neuigkeiten zu berichten, sieht sie sie kritisch an.

„Was ist mit Dir Lisa? Du siehst müde aus." Erst jetzt bemerkt Lisa, dass sie noch ihren Mantel und die Straßenschuhe anhat.

„Nichts mein Schatz, alles ist gut. Ich bin nur gerade von der Chorprobe nach Hause gekommen und ein bisschen erschöpft. Machst du uns einen Tee während ich in meine bequemen Hauskleider schlüpfe?" Wenig später kommt Lisa zurück in das Wohnzimmer und freut sich über den liebevoll hergerichteten Tisch. Marta hat den Tee bereitgestellt und ein paar Kekse auf einem Teller angerichtet. Kerzen brennen und verleihen dem Raum einen gemütlichen Schein.

„Wie schön, vielen Dank mein Mädchen. Da kannst du öfter vorbeikommen und mich verwöhnen. Setz dich zu mir und erzähle, was passiert ist."

„Nicht so viel, wie ich erhofft habe, aber wir haben wieder Kontakt. Er hat gesagt er will mich nicht verlieren, doch…"

Marta stockt, „…er war erschrocken von meiner Überreaktion.

Die Vorwürfe und meine unbegründete Eifersucht. Er sagt, er kann nicht damit umgehen, wenn ich ihn anschreie und zwischen Wutattacken und Weinkrämpfen hin und her schwanke, wo es eine vernünftige Unterhaltung getan hätte."

Lisa nickt, ohne etwas zu sagen. Sie unterbricht sie nie und ist ein geduldiger Zuhörer.

„Aber," fährt Marta fort, „er liebt mich und wir werden einen Weg finden."

„Was meinst du Schätzchen, hat er recht?"

Das Lächeln ist aus Martas Gesicht verschwunden, sie schluckt, bevor auch sie mit dem Kopf nickt. Ihre Augen füllen sich mit Tränen und Lisa greift nach ihrer Hand.

„Dann wird es ein guter Weg. Sobald du in der Lage bist zu erkennen, wo deine Schwächen liegen, kannst du lernen, besser damit umzugehen."

„Hattest du keine Schwächen?"   Lisa lacht laut auf.

„Hattest? Ich habe viele Schwächen, hunderte.

Sie spielen im Alter nicht mehr eine ganz so große Rolle, aber sie sind da. Sie gehören zu uns und wir müssen sie annehmen, dann können wir sie zu unseren Stärken machen."

„War Tom deine Schwäche?"

„Vielleicht, aber er war auch meine Stärke."

Lisas Blick schweift in die Ferne und Marta lehnt sich zurück und hofft mehr zu erfahren von diesem ungleichen Paar.

Niemals vergessen

„Warst du schon einmal in Basel?" fragt Lisa als erstes als sie seine Stimme am Telefon hört. Sie ist aufgeregt wie ein junges Mädchen. Sie ist immer aufgeregt, wenn sie den Plan haben sich wieder zu sehen. Die Idee einer Auszeit vom Alltag, guter Sex und das vertraute Gesicht ganz dicht an ihrem, nimmt ihr jedes Mal den Atem. Nur noch selten denkt sie daran, dass es irgendwann aufhört. Er gehört inzwischen fest in ihr Leben. Er ist ihre Insel.
„Nein, sollte ich dort vielleicht mal hinfahren? Und wenn ja, warum?"
„Um einen der besten Motivationstrainer des deutschsprachigen Raums zu hören. Um von den Besten zu lernen und eine willige Frau zu treffen."
Lisa ist etwas außer Atem denn sie läuft während sie spricht auf den Hauseingang ihrer Praxis zu.
„Mir scheint du bist in Eile, Frau Kollegin," entgegnet Tom, „also werde ich dich nicht länger aufhalten.
Nur so viel, einer willigen Frau kann ich nicht widerstehen. Ich bin dabei."

So war es immer zwischen ihnen. Manchmal braucht es Monate um voneinander zu hören oder zumindest bevor ein Wiedersehen Realität wird, aber äußert einer von ihnen den Wunsch eines Treffens wird es ganz unkompliziert in die Tat umgesetzt.

Diesmal treffen sie sich direkt im Hotel. Tom hat noch Termine und Lisa wartet bereits auf ihn. Sie hat ein großes Paket Teelichter mitgebracht und sie alle im Zimmer verteilt. Auf den Schränken, auf dem Boden, dem Fensterbrett. Jeder freie Fleck ist mit einer Kerze belegt. Das flackern der Kerzen soll nicht nur romantisch und verspielt wirken, es soll auch ihren inzwischen fast 60-jährigen Körper in besseres Licht tauchen. Nun steht sie mittendrin und überlegt wann sie sie anzünden soll.
Sie schickt eine SMS.
– Wann kann ich mit Ihrer Ankunft rechnen Herr Kollege? –
Kaum hat sie auf „Senden" gedrückt kam bereits die Antwort.
– Fünf Minuten, bin schon auf dem Parkplatz.-
-Beeil dich, ich bin ungeduldig! Zimmer 31.-
Schnell greift sie das mitgebrachte Feuerzeug und zündet alle Kerzen an. Kaum reicht noch die Zeit für einen letzten Blick in den Spiegel, schon klopft es an der Tür. „Hey," sagt Lisa als sie die Tür öffnet, „lange nicht gesehen."

Tom bleibt einen Augenblick in der Tür stehen.

„Stimmt" antwortet er „und du veränderst dich überhaupt nicht!"

Und schon ist es wieder passiert. Ein Satz von ihm und ihre Ängste über ihren Altersunterschied fliegen davon, wie ein Blatt im Herbstwind.

„Kerzenparty? Gibt es auch Champagner?" Lisa zieht einen Schmollmund und bevor sie etwas erwidern kann zieht er eine Flasche und zwei Gläser aus seiner Reisetasche.

Er bringt immer eine Flasche Champagner und zwei Gläser mit, wenn sie sich treffen. Auf diese Art und Weise sind schon unzählige Sektgläser in Hotelzimmern stehen geblieben.

„Wiedersehen müssen gefeiert werden!" Jeder mit einem Glas in der Hand setzen sie sich aufs Bett und fangen an zu reden. Sie beginnen immer so, als hätten sie sich erst gestern das letzte Mal gesehen. Gefremdelt wird nicht zwischen ihnen. „Ist das wirklich dein Ernst mit diesem komischen Redner?" fragt Tom und er braucht nicht zu erklären, dass er die meisten nicht besonders schätzt. „Ja, klar, ich habe zwei Freikarten ergattert, mit Mühe und Not.

Der Typ ist echt immer ausverkauft und die Leute zahlen
Unsummen für eine Eintrittskarte. Sei mir dankbar, dass ich dich
mitnehme."

"Ich bin sowas von dankbar," murmelt Tom an ihrem Hals. Er
küsst sie am Nacken empor bevor er spielerisch sanft an ihrem
Ohrläppchen knabbert. "Soll ich dir zeigen wie dankbar ich bin,"
fragt er jetzt und seine Hände nesteln bereits an ihrer Bluse.
In dieser Nacht schläft Lisa schlecht. Sie sieht auf Tom der ruhig
neben ihr liegt und leise ein- und ausatmet.
Sex macht Lisa nie müde. Im Gegenteil es macht sie aktiv und ihre
Gedanken kreisen. Sie denkt an Kurt und ihre Beziehung, die nie
von Leidenschaft geprägt war. Sie war immer irgendwie
erwachsen, vernünftig. Immer gut und die wenigen innigen
Momente die sie verbrachten, waren erfüllend. Kurt hatte nicht so
viel Interesse an Sex und so dachte auch Lisa sie braucht nicht so
viel Körperlichkeit. Natürlich schliefen sie miteinander, das war
wie eine schöne eheliche Pflicht, aber wenn es hinter ihnen lag,
war auch wieder mal gut für die nächste Zeit.
Erst als sie Tom traf hat Lisa erfahren was Leidenschaft für sie
bedeutet. Nicht denken nur fühlen. Gerade so als liefe man nackt
über eine Blumenwiese. Riechen, schmecken und das Gefühl man
würde fliegen.

Mit Tom ist es als löse sie sich auf, als bestehe sie nur aus Lust. Diese unterschiedlichen Gefühle die sie für diese so verschiedenen Männer empfindet sind es, die sie so sicher machen, dass sie Kurt nicht betrügt. Es sind zwei unterschiedliche Leben, zwei unterschiedliche Lisas.

Pünktlich um 11 Uhr sitzen sie in dem großen Saal im Baseler Kongress Zentrum. Es herrscht so etwas wie eine knisternde Vorfreude. Für die meisten hier ist Max Glinker ein Guru. Ein Prophet der ihnen zu Erfolg und Reichtum verhilft. Tom blickt sich kritisch um und Lisa sieht ihm an, dass er das hier für Zirkus hält. Lisa hingegen ist gespannt und voller Vorfreude. Sie hat schon viel von den spektakulären Auftritten gehört. Plötzlich ertönt laute Musik, etwas Euphorisches wie eine Fanfare. Max Glinker betritt die Bühne und augenblicklich bekommt er stehende Ovationen von seinen Fans ohne das er auch nur ein Wort an sie gerichtet hat.

Er hebt die Hände um das Publikum zur Ruhe zu bringen.
„Freunde," ertönt seine tiefe Stimme, „wie schön euch zu sehen!"
Wieder lautes applaudieren. Tom sieht ungläubig zu Lisa und schüttelt mit dem Kopf.

Lisa legt ihre Hand auf seinen Arm. „Ganz ruhig mein Brauner, alles wird gut!" Er grinst sie an. „Dir zu liebe!" antwortet er. Nun endlich beginnt Max Glinker mit seinem Vortrag. Er spricht eigentlich nur über sich selbst. Wie großartig und wunderbar er ist und sein Leben gemeistert hat. Von der Gosse auf die großen Bühnen. Nur mit Willenskraft und dem Glauben an sich selbst. Lisa ist enttäuscht und auch ein bisschen entsetzt. Seine Gleichungen sind wie für Kinder gemacht.

„Erhebe dich aus Deinem Alltag und im Sprung wirst du aus einer Katze zum Tiger!"

Lisa blickt zu Tom und wünschte sie hätte es nicht getan. Er sieht so ungläubig aus, dass Lisa sich kaum halten kann vor Lachen. Sie prustet laut los und erntet böse Blicke ihrer Sitznachbarn. Tom hingegen ist sichtlich erfreut über Lisas Ausbruch und schürt ihn noch mit seinen Grimassen. Vorsichtshalber versucht Lisa einen Hustenanfall vorzutäuschen. Sie hat Angst das Sittenwächter sie des Saals verweisen. Die Stimmung gleicht einer Sektenähnlichen Euphorie. Jetzt läuft der Redner zu Hochtouren auf und kündigt huldvoll das Erscheinen seiner Tante Elli, seiner Ehefrau und seiner Tochter auf der Bühne an. Gemeinsam singen sie ein

„Motivationslied" und die Anwesenden stimmen lautstark mit ein.

– Du bist der Tiger, ja du bist der Tiger! Ergreife die Chance denn du bist der Tiger.-

Lisa wagt nicht mehr in Toms Richtung zu schauen. Er beugt sich zu ihr herüber und singt den Refrain in ihr Ohr. Lisa hat Angst zu ersticken. Sie hält sich an Toms Arm fest und vergräbt ihr Gesicht darin. Ihr Lachen klingt hysterisch nach Schluchzen. „Ich bin so ergriffen!" Gackert sie als sie einigermaßen zu Atem kommt. Noch einmal erhebt der Guru seine Stimme.

„Und wenn du jetzt diesen Raum verlässt, in der Gewissheit, du bist der Tiger, dann geh zum Büchertisch im Foyer und kaufe mein Buch, damit du der Tiger bleibst!"

„Ich fasse es nicht," stöhnt Tom, „dass du das mit mir gemacht hast."

Lisa wischt sich noch immer die Tränen aus dem Gesicht und es ist ihr völlig egal ob ihre Tusche verschmiert ist.

Sie bleiben noch einen Augenblick sitzen als der Saal sich langsam leert.

„Wir müssen uns beeilen," sagt Tom. „Warum?" „Damit wir noch ein Buch ergattern. Ich hoffe da ist der Liedtext mit Noten drin." Nun müssen beide laut Lachen und drehen sich fast

gleichzeitig zum Gehen um. Doch so wie sie eben noch albern
gelacht haben, erstarren sie fast zu Salzsäulen. Sie sehen in ein
böses dreinschauendes Augenpaar.

„So, das ist ja interessant." Zischt der Geschäftsführer des
Psychologen Verbandes.

„Der Herr Psychologe aus Aachen und die Frau unseres
Ehrenmitglieds Kurt Weges. Sie scheinen sich ja bestens zu
amüsieren."

„Ja," versucht Lisa zu retten was zu retten ist. „Es war sehr
beeindruckend. Ich bin emotional tief getroffen. Der Herr Kollege
und ich haben uns zufällig am Eingang getroffen. Was für ein
Zufall, nicht wahr. Aber jetzt muss ich mich leider verabschieden.
Ich muss mir noch ein Buch kaufen."

Fast fluchtartig verlässt Lisa den Saal und weiß nicht ob sie
lachen oder weinen soll.

Tom verwickelt den Geschäftsführer noch in ein fachliches
Gespräch und holt sie am Ausgang ein.

„So eine unglaubliche Lügnerin! Ich habe den Eindruck er hat Dir
das abgekauft."

"Du bist wunderschön mein Mädchen. Was hast du vor?
Ein Meeting? Ein Vorstellungsgespräch?"

„Nein," gibt Marta etwas enttäuscht zurück, „ich bin mit
Lucas verabredet.

Er hat mich in ein schickes Restaurant eingeladen. Wir wollen nochmal von vorne anfangen, hat er gesagt. Langsam
und ohne Druck."

Lisa sieht ihn in Gedanken vor sich. Lukas, der junge Mann
aus Martas Leben. Ihre einzige Liebe wie sie ihn oft nennt.

Er ist kräftig, sehr muskulös und weder groß noch klein, nur
minimal größer als die zarte Marta. Die Haare sind lang und
meistens zu einem lustigen Knoten auf dem Kopf zusammengebunden.

Lukas ist stets freundlich und wirkt auf Lisa gelassen und
entspannt. Sein rundes, hübsches Gesicht mit den großen
blauen Augen und buschigen Brauen darüber erscheint
vertrauenswürdig.

So wünschen Mütter sich ihre Schwiegersöhne, denkt Lisa
immer, wenn sie ihm begegnet.

Er fühlt sich unter Druck gesetzt. Das war ja wohl eine klare
Ansage.

Doch Lisa befürchtet, dass Marta diese Botschaft wohl weislich überhört hat.

„Bist du nicht zu förmlich angezogen für ein Date?" fragt Lisa vorsichtig.

„Wenn du mich fragst, lass das Sakko weg, mach den obersten Blusenknopf auf und löse die Spange, um deine schönen braunen Locken offen zu tragen."

„Ich gefalle Dir also nicht." Marta zieht eine Schippe, als wäre sie ein kleines trotziges Kind.

„Doch Schätzchen, du gefällst mir sogar sehr, ein bisschen lockerer und dann wäre es perfekt."

Sie einigen sich auf den offenen Kragen ohne Jacke.

Schon besser denkt Lisa als sie sich wenig später verabschieden und hofft die aufgeregte Marta etwas beruhigt zu haben. Ein Sherry und ein paar aufmunternde Worte und das Strahlen kam in ihre Augen zurück.

Wenn die Sherry Flasche schon mal auf dem Tisch steht, denkt Lisa, kann ich mir eigentlich auch noch ein Gläschen einschenken. Es ist eh seltener geworden, dass Lisa sich einen Schluck genehmigt.

Früher hat sie gern auch mal einen über den Durst getrunken, aber in letzter Zeit wird sie dann nachts von Angstattacken geplagt. Angst vorm Leben und Angst vorm sterben.

Seit sie die 80 überschritten hat gehen ihr

häufig Gedanken durch den Kopf denen sie nur schwer ausweichen kann und die ihr Angst machen.

Angst von dem was noch für sie übrig ist. Tags über geht das sehr gut. Ihre vielen Aktivitäten, die Freude die sie anderen damit bereitet und die vielen Briefe und Videos von ihren Schützlingen machen sie

glücklich.

Auch Marta trägt einen großen Teil dazu bei, an Lisas frohen Momenten. Jetzt wo sie hier mit ihrem Glas auf dem gemütlichen Sessel sitzt, denkt sie nach. Was muss sie noch dringend erledigen? Sie nimmt einen Stift und schreibt auf einen kleinen Zettel.

– Termin bei Herrn Dr. Hillebrandt machen.

Testament und Beerdigung planen. –

Herr Dr. Hillebrandt ist seit vielen Jahren ihr Anwalt.

Häufig hat er ihr geholfen oder sie von allzu großen

Dummheiten, bezüglich ihrer Großzügigkeit abgehalten. Er hat auch damals beratend zur Seite gestanden als es um die Scheidung von Kurt ging. Zwar war er ihrer beider Anwalt und obwohl alles recht friedlich abging zwischen ihnen, so war eine Beratung und der Blick von außen wichtig.

Ach Kurt. Lisa seufzt. Auch wenn die Trennung unvermeidlich war, die Liebe erloschen, so war er so viele Jahre ihr guter Begleiter. Ein Freund durch dick und dünn. Manchmal vermisst sie ihn noch heute. Fast 20 Jahre sind sie geschieden. Kurt hat schnell wieder geheiratet. Seine um viele Jahre jüngere Assistentin. Mit ihr hat er das, was er Lisa immer verwehrt hat. Eine Tochter.

Und vor kurzem hat er ihr geschrieben, er sei Großvater geworden. Obwohl sie ihm sein Glück gönnt, so ist sie doch ein bisschen neidisch. Ihm zu liebe hat sie auf diesen Wunsch verzichtet. Für sie beide, war das nicht vorgesehen. Ihre Beziehung war geprägt von Vernunft. Kinder hatten offensichtlich keinen Platz in ihrem Leben.

Sie zwingt sich zurück zu ihrer To-do Liste. Mit Regina über den Rest ihres Vermögens sprechen und über die Erweiterung des Hospiz. Regina ist außer Marta die einzige wirkliche Freundin die sie hat.

Sie ist Pfarrerin hier in der Gemeinde und lebt allein, wie Lisa. Sie ist mit ihr in die Tiefen ihrer Seele eingedrungen, ohne Regina..., was wäre wohl aus Lisa geworden.

Sie hat ihren Sherry noch nicht ganz ausgetrunken, da ist sie auch schon eingeschlafen.

Lisa braucht einen Moment um zu realisieren wo sie ist und was das für ein schreckliches Geräusch ist, was sie da aus ihren Träumen reißt. Das halb geleerte Glas steht noch vor ihr auf dem kleinen geschnitzten Holztisch, den sie aus Vietnam mitgebracht hat. Die Kerze im bunten Glas aus Indien ist heruntergebrannt. Es klingelt und klopft an der Tür. Marta schießt es ihr durch den Kopf. Das Date mit Lukas. Oh je, hoffentlich keine neue Katastrophe. Aber alle Überlegungen sind unnötig. Ein Blick auf Marta ist ausreichend. Diesmal ohne Tränen, eher wütend mit hoch rotem Gesicht steht sie an der Schwelle zu Lisas Wohnung. „Entschuldige Lisa, es ist spät, ich weiß, aber ich kann jetzt unmöglich allein sein. Ich platze sonst noch und du hast gesagt du bist für mich da, wann auch immer."

Jetzt mischt sich doch ein bisschen schlechtes Gewissen in ihren Ton.

„Komm rein, alles ist gut. Wie so oft schlingt Marta ihre Arme um die Freundin und drückt sie fest an sich.

„Was ist passiert?" fragt Lisa und setzt sich in ihren Sessel zurück. Marta kauert auf der kleinen Fußbank vor ihr und ihre Worte überschlagen sich förmlich.

„Das fing irgendwie gleich falsch an," startet Marta ihre Erzählungen.

„Jeans, T-Shirt und Turnschuhe sind bei ihm eh obligatorisch. Aber in diesem schicken Restaurant? Es war mir so peinlich. Aber er war so charmant und da habe ich diesen Fauxpas fast vergessen. Er hat mir ganz selbstsicher das Essen ausgesucht, den Wein und ohne zu fragen, weiß er was mir schmeckt und was für Wein ich gern trinke. Ein stilles Wasser für die Dame, nicht zu kalt bitte. Wow, das war mein Lukas.

Es war schön, romantisch und ich war so glücklich mit ihm dort zu sein."

„Und was ist dann passiert?" fragt Lisa ohne den Blick von ihr zu lassen.

„Irgendwann kam dann das unvermeidliche Gespräch auf uns. Auf unseren Streit und wie es weiter gehen soll, mit uns. Er hat gesagt ich würde ihn erdrücken mit meiner Ordnungsliebe und meinen ständigen To-do Listen. Am Anfang konnte er noch darüber lächeln und er hat es besonders an mir geliebt, dass ich so anders bin als er.

Wenn wir dann aber zusammen wohnen, hat er Angst das ich ihn mit einem herumliegenden Socken erschlage. Er möchte mit mir die Welt umkreisen, ja das hat er so gesagt. Ist das nicht süß?"

Lisa nickt nur und weiß das Marta keine Antwort erwartet.

„Aber er möchte nicht ständig an gutes Benehmen und das tut man oder man tut es nicht, erinnert werden. Er will leben ohne ständig darüber nachzudenken ob sein Verhalten nun der gängigen Norm entspricht.

Er will ja niemanden verletzen oder stören, aber einfach leben. Zum Beispiel falsch angezogen in ein feines Restaurant gehen und sich über die Blicke der anderen amüsieren. Tja weißt du Lisa, da hat er natürlich ins

Schwarze getroffen. Er hat das provoziert, wusste genau wie ich darauf reagiere. Ich fühlte mich

ertappt und fand die Aussage beleidigend. Da ist mir dann der Kragen geplatzt. Wenn du mich so

langweilig findest, nur weil mir gute Umgangsformen und Vorschriften wichtig sind, dann bin ich wohl nicht die Richtige für dich. Ich habe überlegt, ob ich ihm das Glas Rotwein ins Gesicht gieße. Aber dann hätte sein T-Shirt Flecken gehabt und so bin ich einfach aufgestanden und gegangen."

Lisa atmet laut hörbar tief ein.

„Hättest du es doch gemacht!"

„Was? Ihn mit Wein begießen?"

„Ja, es wäre eine spontane Reaktion gewesen. Wut und Ärger sind Gefühle. Und zumindest hätte es

wenigstens gegen die Etikette verstoßen." Lisa grinst sie offen an. Dieses Grinsen, dass sie zeitlos macht. Dieses freche Grinsen was auch jungen Frauen zu eigen ist, wenn sie an verbotenes denken.

Sie merkt natürlich das sie Marta damit provoziert und lenkt ein.

„Was genau hat dich so wütend gemacht? Dass er deine Schwächen auf den Kopf getroffen hat? Magst du diese Seite an dir? Diese Marta die nach Vorschriften und Regeln lebt?" Marta senkt den Blick. Sie denkt nach. „Ich weiß nicht genau," flüstert sie, „ich denke nur so, kann man ein aufrichtiges Leben führen. Meine Mutter hat stets darauf bestanden, dass ich mich vorbildlich benehme. Ein Vorbild sein und nicht so viele Fehler machen."

„Damit hast du natürlich Recht," stimmt Lisa ihr zu und sieht in ein überraschtes Gesicht, „was aber ist mit Spaß, Glück und Spontanität. Du sollst ja nichts wirklich Schlimmes oder Kriminelles tun. Aber ist es nicht egal wie die Leute gucken die du nicht mal kennst. Lieber ein Hemd was im Müll landet aber vielleicht ein gemeinsames Lachen zu Stande gebracht hätte. Verstehst du was ich meine?"
Es entsteht eine ziemlich lange Pause.
„Ja, ich weiß was du meinst, aber ich weiß nicht ob ich das kann."
Lisa nickt wieder stumm und beide sitzen einen Augenblick einfach nur da, ohne etwas zu sagen.

„Gibt es irgendetwas in Deinem Leben was dich die Konventionen vergessen lässt," fragt Lisa in die Stille. Marta wird zuerst rot bevor sie es ausspricht. „Sex." sagt sie leise. „Manchmal bin ich so laut dabei, dass ich fürchte du könntest es hören. Sex setzt irgendwie meine gute Erziehung außer Kraft." Lisa erwähnt in diesem Augenblick lieber nicht, dass sie sie manchmal hört und dass es sie freut, wenn sie vor Erregung spitze Schreie von sich gibt. Es erinnert sie an sich selbst, an früher.

„Und? Findet Lukas das peinlich?"

„Ich habe mich einmal bei ihm entschuldigt. Aber er hat mich ausgelacht und gesagt das es ihn nicht nur erfreut, sondern auch erregt."

„Na es scheint mir, es ist noch nicht Hopfen und Malz verloren. Ich denke Lukas wird Dir zeigen was er meint. Gib ihm die Chance das zu tun. Und renne nicht immer weg, wenn es ungemütlich wird."

Lisa denkt an Kurt und ihre gemeinsamen Jahre. Die waren auch geprägt von Konventionen und dem Richtigen Tun.

„Woran denkst du?" fragt Marta.

„Bei uns war es umgekehrt. Kurt war so gradlinig. Sei nicht zu laut, schließ richtig ab, parke nicht mittig. Es war immer etwas zu korrigieren. Ich dagegen war ganz anders. Ich wollte Blödsinn machen,

nicht immer darauf achten, dass alles nach den Regeln läuft. Für mich waren Regeln und Vorschriften nur

optionale Möglichkeiten." Lisa bemerkt, dass Marta sie etwas verständnislos ansieht.

„Hast du schon mal Golf gespielt?" Marta schüttelt mit dem Kopf und versteht den Zusammenhang nicht. „Auf einem Golfplatz gibt es Sandlöcher.

Man nennt sie Bunker. Wenn man dort einen Ball

versenkt, ist es schwer ihn wieder herauszubekommen. Und dann, plötzlich, bringt man einen im Bunker gelandeten Ball ganz großartig heraus.

Stell dir vor, dir gelingt der Schlag deines Lebens und du freust dich wie

verrückt und springst laut jubelnd in die Luft. Und das erste was du von deinem Gegenüber hörst ist…. vergiss nicht den Sand zu harken.

Ja, man muss nach einer Berührung mit dem Sand für die Nachfolger, alles ordentlich harken." Lisa lehnt sich zurück und versucht zu erkennen ob Marta das Gleichnis verstanden hat. Sie setzt nach, „natürlich macht man das mit dem Harken, aber vor lauter Vorschriften, vergisst man sich zu freuen. Sich selbst ein bisschen zu feiern!"

Jetzt nickt Marta. „Mhhh, ja ich weiß was du meinst, ABER.."

„Nein Marta, kein ABER. Denke erst einmal ganz in Ruhe darüber nach. Ich habe mein halbes Leben an der Seite eines Partners verbracht der zu häufig vergessen hat sich zu freuen, weil vorher noch darauf geachtet werden musste ob alles Regelkonform abläuft. Ich konnte mir kleine Fluchten schaffen um nicht zu

ersticken. Aber kann dein Lukas das auch? Und vor allem, möchtest du das?"

„Was hast du denn gemacht, was waren denn diese Fluchten? Tom?"

„Nicht nur," antwortet Lisa lächelnd. „Manchmal im Sommer habe ich keine Unterwäsche getragen und war unter meinem Sommerkleid nackt. Dann habe ich mir vorgestellt wie verwerflich die anderen das finden würden. Oder dass ich mich stets geweigert habe meine Handtasche zu verschließen obwohl mir ständig jemand gesagt hat das man mich bestehlen könnte. Mir ist nie etwas gestohlen worden und ich wollte nicht ständig auf alles achten. Ich habe ganz oft geparkt ohne einen Parkschein zu ziehen. Risiko!!!! Nichts schlimmes, nur Kleinigkeiten, Dinge die man eigentlich nicht tut. Aber sie haben niemanden weh getan und mir das Gefühl gegeben etwas Verbotenes zu tun. Das war schön."

„Ach Lisa, was erwartest du denn von mir. Soll ich jetzt meinen Slip wegschmeißen um Lukas zu zeigen das ich spontan und locker bin?"

„Nein, dass sollst du nicht. Du sollst auch nicht deine so wunderbar ordentliche Wohnung verwüsten. Lass unser Gespräch einfach mal etwas sacken. Wenn die richtige Situation da ist, wirst du es spüren und wenn du es spürst, dann gebe dem nach. Bleib du selbst in einer lebensbejahenden Version von dir."

„Und es gab immer nur Sonnenschein zwischen Euch," hakt Marta nach, „Lisa, so viele Jahre nur glücklich sein? Ich weiß nicht wie ich das finden soll."

„Doch, wir haben uns auch gestützt, wenn es schwierig wurde. Irgendwann steht man immer mal mit dem Rücken an der Wand."

Ein Blick zurück der schmerzt

„Lisa, ich brauche dich. Ich brauche deine Unterstützung, deine Hilfe, deine Erfahrung."

„Mein Gott Tom, was ist denn los." Es kommt ganz selten vor, dass Tom sie anruft, ohne es vorher anzukündigen. Sie hatte lange nichts mehr von ihm gehört, aber das hat sich in den letzten Jahren so entwickelt. Seit ihres ersten Treffens war ihr klar, dass es irgendwann einfach einschläft zwischen ihnen. Kein Knall am Ende oder ein „Schluss machen" wie das in traditionellen Verbindungen vorkommt. Und umso mehr ist sie jedes Mal überrascht, erfreut und glücklich, wenn sie feststellt, dass lange Zeit zwischen ihren Treffen, sie nicht abhält vertraut miteinander zu sein. Ganz im Gegenteil, Lisa hat das Gefühl ihre Beziehung wird intensiver, auch wenn manchmal ein Jahr zwischen ihren Begegnungen liegt.

„Ich denke, ich werde auf dem diesjährigen Kongress der Psychologenvereinigung zum Präsidenten gewählt."

„Wow, das ist ja genial. Und du möchtest, das ich dabei bin?"

„Ja unbedingt. Du bist die Einzige, die diese Leidenschaft mit mir teilt.

Die versteht, was man bewirken kann und wie wichtig diese ehrenamtliche Arbeit ist. Du siehst mir an, wie mir zu Mute ist, und du stärkst mich."

Lisa schluckt. So viel positive, ja fast liebevolle Äußerungen an einem Stück, das ist noch nicht oft vorgekommen.

„Klar, werde ich dir zur Seite stehen. Wo und wann findet es statt?"

„15. Mai in Sonthofen."

Lisa stockt der Atem. In ihr breitet sich diese Panik aus die sie so lange Zeit nicht mehr gespürt hat. Ein großer schwerer Stein liegt in ihrer Magengrube. „Lisa? Bist du noch da?"

„Ja Tom, ich bin noch da, aber ich kann nicht mitkommen. Ich fahre auf keinen Fall nach Sonthofen."

Nach einer kurzen Pause hört sie wieder Toms Stimme.

„Warum nicht? Das ist im Allgäu und es soll sehr schön dort sein. Wir könnten einen Tag dranhängen und uns die Gegend ansehen. Wir hätten dann auch etwas mehr Zeit die wir damit verbringen, unsere unstillbaren Gelüste aufeinander zu stillen."

Lisa ist im Augenblick nicht danach an Sex zu denken. „Ich weiß wo das ist und ich will da nicht hin,"

antwortet sie wie ein kleines trotziges Kind. „Nie, nie niemals."

Tom braucht einen Augenblick diese Seite an Lisa aufzunehmen, die er bisher noch nicht kannte.

„Was ist los? Willst du es mir erklären? Ich brauche dich da. Bitte,"

Seine Stimme wird leiser, „lass mich nicht im Stich."

„Es ist etwas aus meiner Kindheit. Ich habe mich mein Leben lang geweigert, dort hinzufahren, ich habe Angst, dass die Erinnerungen aufbrechen. Das ich dort bei dir bin und zu deiner Patientin werde, statt zu Deiner Unterstützerin."

„Oder meiner Geliebten," ergänzt er.

„Mir ist grad nicht zum Lachen Tom."

„Das ist kein Spaß, es muss nicht Sonthofen bleiben. Wir suchen uns ein schönes Hotel außerhalb. In einem anderen Ort und ich gehe auf diesen Kongress, mit der Gewissheit du bist in meiner Nähe und dann komme ich so schnell wie möglich zurück. Du erzählst mir von deinen Schatten der Vergangenheit und wir lieben uns, bis wir erschöpft einschlafen. Kein Sonthofen, nur ein Ort in der Nähe." Tom wartet geduldig. „Ich sehe dich lächeln Lisa."

Und tatsächlich, sie lächelt und nickt, ohne es zu merken, mit dem Kopf.

Nur wenige Wochen später kommt Lisa auf dem kleinen Bahnhof in Fischen im Allgäu an. Kurt war überrascht das sie dorthin fährt. Er weiß das sie die Kongresse liebt, dass sie aber dafür ihre Ängste überwindet wundert ihn schon. Er hat sich in den letzten Jahren mehr und mehr aus dem Verbandsleben zurückgezogen. Vertieft sich in seine Studien und Veröffentlichungen. An der Universität hat er sich einen Namen gemacht und dafür arbeitet er hart.

Noch immer sind Kurt und Lisa fast unzertrennlich, arbeiten zusammen und leben zurück gezogen in ihrem kleinen Haus. Er weiß das seine Frau das Rampenlicht braucht. Und so gönnt er ihr die Besuche auf den Veranstaltungen der Branche. Er denkt sich nichts dabei, denn sein Vertrauen in sie ist unerschütterlich.

Tom steht bereits auf dem Bahnsteig, als sie den Zug verlässt. Er hat ein wirklich schönes kleines Landhotel gefunden und dort ein Zimmer für sie gebucht. Mit einem Pool und Wellnessangeboten hat er ihr freudig berichtet. Trotz allem hat Lisa ein mulmiges Gefühl. Dicht dran an diesem verhassten Ort, den sie noch nie gesehen hat.

„Sag mir was es dir nutzt, wenn ich hier herumsitze während du auf dem Podium stehst und überzeugen willst?" Lisa weiß das dieses Angebot hier im Hotel auf ihn zu warten, nur ein fauler Kompromiss für ihn ist. Sie hat bereits auf der Anreise den Entschluss gefasst ihn zu begleiten. Ganz gegen die Vernunft und der Angst vor sich selbst und vor einer Panikattacke. Denn die droht wirklich, so wie ihr Körper sich bei dem Gedanken hierher zu fahren verhält. Lisa und Tom sitzen auf der großen Terrasse die sich an ihr Zimmer anschließt. Der Ausblick ist grandios. Lisa blickt über weite grüne Wiesen. Kühe stehen darauf und grasen genüsslich die satten Halme. Bis hin zu den schroff
aufragenden Bergen, nichts als grün und Frieden. Tom antwortet nicht auf ihre Frage.
Stattdessen fragt er, „möchtest du darüber reden?"
„Weißt du Tom, es gibt gar nicht so viel zu reden. Es ist ein Ort, der Verlustängste in mir zum Ausbruch bringt. Erst eben gerade wird mir klar, dass ich nicht nur eine Abneigung hatte hier her zu kommen, vielmehr wird mir bewusst, dass ich hiermit auch mein Grausen vor den Bergen als solche verbinde."
Tränen steigen in ihr auf und füllen ihre Augen mit Wasser. Tom sitzt still neben ihr und streichelt sanft über ihren Arm, den sie

auf der Stuhllehne abgelegt hat. Plötzlich bricht es aus Lisa her-
aus, sie ringt nach Luft und verbirgt ihr Gesicht in ihren Händen.
„Ich bin albern, idiotisch und schäme mich so. Ich glaube es wird
Zeit, dass hier hinter mir zu lassen."
Eigentlich ist es furchtbar für sie, sich Tom gegenüber so zu zei-
gen, doch er vermittelt ihr ein Gefühl von Geborgenheit ohne das
er auch nur ein Wort sagt.

„Ich war drei Jahre alt," erzählt sie endlich unter Tränen. „Meine
Mutter ist auf und davon. Nach Sonthofen!
Angeblich um meinem Vater zu entfliehen. Er hat sie völlig ver-
einnahmt, erdrückt mit seiner Liebe. Ein Egomane wie er im Bu-
che steht. Sie hat mich bei einer alten Tante zurückgelassen. Eine
boshafte alte Frau, die kein gutes Haar an meiner Mutter ließ.
Mein Vater hat meine Mutter schließlich gefunden und sie hat ihn
wieder in ihr Leben gelassen. Einmal hat sie mir ein Paket ge-
schickt. Mit einem Teddybären und einem Bild von ihnen beiden.
Sie standen auf einem Balkon und sahen sehr glücklich aus. Hin-
ter ihnen die Berge und die Sonne. Während ich ohne Liebe in
einem Berliner Hinterhof aufwuchs."
All ihre aufgestaute Wut auf ihre Mutter kam wieder in ihr hoch.
Aber auch dieses Gefühl, nicht geliebt zu werden von den eigenen

Eltern. Tom war aufgestanden und legte von hinten, beide Hände auf ihre Schultern. Noch immer sagt er kein Wort. Sanft haucht er einen Kuss auf ihr Haar und bleibt stillstehen.

„Später, viele Jahre später, als ich bereits ein eigenes Leben führte, kamen sie zurück. Es wäre die glücklichste Zeit in ihrem Leben gewesen in diesem wundervollen Ort, Sonthofen."

„Hast du nie versucht mir ihr darüber zu sprechen, später einmal?" fragt Tom leise. Wieder durchschüttelt ein Schluchzen ihren Körper.

„Doch, ich habe es versucht. Meine Mutter fand es aber nicht wichtig darüber zu reden.

Es ist doch so lange her, pflegte sie zu sagen, wir können es sowieso nicht mehr ändern. Es hat viele Jahre gedauert, viele Therapien und Gespräche während meines Psychologiestudiums, um das aufzuarbeiten. Es ging mir wieder gut mit meinem Leben. Nur eins hatte ich mir fest vorgenommen. Ich werde nie, niemals in diesen Ort fahren, der mir meine Eltern und meine unbeschwerte Kindheit genommen hat."

Jetzt huscht dennoch ein kleines Lächeln über Lisas Gesicht.

„Ja, ich weiß das es nicht der Ort gewesen ist, der mir das genommen hat. Aber es war leichter einen Ort dafür

verantwortlich zu machen als meine Mutter dafür zu hassen.
Später war sie stets an meiner Seite und ich wollte ihr eine zweite
Chance geben."

Dieser Abend war anders als die wenigen Stunden und Nächte die
sie sonst miteinander verbracht haben.
Tom entwickelt ein großartiges Gespür dafür was Lisa jetzt
braucht.
Sie lassen sich ein gutes Essen auf ihrer privaten Terrasse servie-
ren und reden zu einer Flasche Wein über
ihr Leben. Auch Tom erzählt von seiner Kindheit und seiner über-
griffigen Mutter, die sich bis heute in sein Leben, seine Ehe und
die Erziehung seiner Tochter einmischt. Es war ein so friedlicher
Abend, voller Verstehen und Vergebung.
Lisa hört ihm zu, als er über die Konzepte spricht, die er mit dem
bevorstehenden Ehrenamt verbindet, seine Ziele und Ideen, die er
auf dem morgigen Kongress vorstellen möchte. Sie feilten noch
etwas an seiner Rede und irgendwann verblassen Lisas Schatten
der Vergangenheit. Sie wird ruhig und klarer. Später als sie in
seinen Armen im gemütlich großen Bett liegt fühlt sie sich
wirklich geborgen.

„Ich werde dich begleiten morgen," sagt sie in die Stille hinein.

„Das musst du nicht," antwortet Tom sofort.

„Ich weiß, aber ich bin ganz sicher, dass ich mir diese Vorstellung auf keinen Fall entgehen lassen werde."

Am nächsten Morgen gehen Sie getrennt auf den Kongress. Die Gefahr Kollegen zu treffen, die sie mit Kurt zusammen kannten, war groß. Und Richtig, gleich an der Anmeldung stieß sie mit Dr. Richter zusammen.

Ein großer Unterstützer von Kurts Theorien und seiner Arbeit.

Die Gespräche mit den Kollegen lenken Lisa ab und ein paar interessante Impulse helfen ihr, ihre eigenen Ängste zu überwinden.

Von weitem beobachtet sie Tom, der völlig in der ihm entgegengebrachten Aufmerksamkeit aufgeht.

Ganz offensichtlich liebt er es mehr als sie gedacht hat, im Rampenlicht zu stehen, so wie sie selbst.

Er hätte das nie zugegeben, aber später wird sie ihn damit aufziehen.

Seine Rede war brillant und wie erwartet wird er mit überwältigender Mehrheit zum Präsidenten gewählt. Seine innovativen Ideen für den Verband, seine Leidenschaft und die Lust etwas zu

verändern schwappt auf die Anwesenden über. Lisa reiht sich ein
in die Schar der Gratulanten ein.

„Du warst gar nicht so schlecht," flüstert sie ihm zu und sieht
ihm an, dass er genau wusste, dass sie maßlos
untertreibt. „Da muss ich mich wohl von einer erfahrenen
Kollegin coachen lassen, um noch besser zu werden."
Antwortete er bevor er sich weiteren Glückwünschen hingibt. Lisa
bleibt noch auf ein paar Gläser Wein.

Nette Gespräche und ein wirklich gutes Jazztrio, zusammen mit
dem Alkohol geben ihr etwas mehr Sicherheit.

Obwohl sie fühlt das sie sich auf dünnem Eis bewegt.

„Ist Sonthofen nicht ein wundervoller Ort." Hört sie ihr
Gegenüber sagen. „Hier möchte man doch nie wieder fort. Man
vergisst ganz schnell alle Sorgen und Verpflichtungen."

Ich nicht, schießt es Lisa durch den Kopf und plötzlich fühlt sie
sich einsam und unsicher zwischen den lärmenden und lachenden
Menschen. Fast fluchtartig verlässt sie die Veranstaltung, sie läuft
schnell und ganz zielsicher zum Ausgang. Der ihr so bekannte
und so gehasste Fluchtgedanke nimmt Besitz von ihr. Sie verlässt
das Gebäude und geht schnell, ohne noch einmal zurück zu sehen,
zum nächsten Taxi. Erst nachdem sie das Ziel ihrer Fahrt angege-
ben hat, beruhigt sich ihr Atem. Das Herz klopft zwar unvermin-

dert weiter, doch das bedrohliche Gefühl in der Magengrube lässt

etwas nach. In diesem Moment hört sie ihr Handy klingeln.

„Wo bist du?" fragt Tom.

Im Hintergrund hört sie Stimmengewirr und Musik. „Auf dem

Weg zum Hotel." Antwortet sie kurz.

„Geht es Dir nicht gut? Hattest du eine Panikattacke?

Lisa, antworte mir bitte. Ich komme sofort nach."

„Das wirst du nicht tun. Du musst dableiben. Du bist die Haupt-

person. Nein, nein alles ist gut. Wirklich alles ist wirklich gut. Es

geht mir gut. Ich war nur müde. Hab Kopfweh und will gleich

schlafen. Es geht mir sehr gut."

Wiederholt Lisa zum vierten Mal. „Bleib wo du bist und amüsiere

dich. Genieße es." Und noch einmal sagt sie,

etwas zu laut, so dass der Taxifahrer zusammenschreckt, „es geht

mir gut!"

Lisa legt auf ohne auf eine Antwort zu warten. „Meinen sie er hat

Ihnen geglaubt?" fragt der Taxifahrer und blickt kritisch durch

den Rückspiegel.

„Das geht sie ja wohl überhaupt nichts an!" Eine für Lisa völlig

ungewöhnliche Reaktion lässt sie selbst vor sich

zurückschrecken.

„Sorry, ist nicht mein Tag," murmelt sie entschuldigend vor sich hin.

Endlich ist Ruhe und sie ist mit ihren

Gedanken wieder allein. Sie nimmt ihre letzte Kraft zusammen um die kleine Stiege zu ihrem Zimmer hoch zu steigen. Die Panik verursacht ihr körperliche Schmerzen. Kaum hat sie die Tür hinter sich geschlossen ergreift sie auch schon wieder der Fluchtgedanke. Sie könnte ja einfach ihre Sachen packen und nach Hause fahren. Ob es noch einen Zug gibt heute Abend? Sicher nicht. Und ein Taxi nach München scheint ihr völlig überzogen. Du bist eine sehr erfahrene Psychologin, spricht sie mit sich selbst. Jetzt komm mal langsam wieder zur Vernunft. Aber es hilft nichts. Der Gedanke der Hilflosigkeit, keine Möglichkeit der Flucht zu haben macht die ganze absurde Situation

unerträglich. Sie rutscht mit dem Rücken an der Wand stehend langsam zum Boden um dort zu verharren. In diesem Moment öffnet sich die Tür und Tom steht vor ihr.

„Lisa, das musst du nicht allein durchstehen. Ich habe dir doch versprochen ich bin bei dir." Er nimmt sie in die Arme und ohne weitere Worte verbirgt sie ihr Gesicht in seiner Armbeuge. Irgendwann versiegen ihre Tränen und sie ist in der Lage mit ihm zu sprechen.

„Es tut mir so leid." Setzt sie an um sich zu entschuldigen. Aber er lässt sie nicht zu Wort kommen.

„Wir kennen uns jetzt…, oh warte, wie lange…. 10 Jahre. Wir hätten schon die Rosenhochzeit hinter uns."

Lisa sieht ihn erstaunt an, bleibt aber still. „Immer waren unsere Treffen geprägt von Spaß, Entspannung und Lust. Es besteht kein Grund sich zu entschuldigen. Es wurde Zeit, dass du mir einmal deine dunkle Seite zeigst."

Jetzt grinst er sie an und schaut ihr fest in die Augen. „Wir haben so viel Glück, dass wir uns begegnet sind. Auch wenn wir manchmal Monate nichts voneinander hören, so habe ich immer das Gefühl du bist irgendwo und wärst für mich da, wenn ich nach dir rufe."

Lisa ist völlig überwältigt von so viel Gefühl. Sie hat sich daran gewöhnt, dass Tom sein Herz nicht auf der Zunge trägt. Sie weiß um seine Zuneigung zu ihr und das hat ihr dann letztlich immer gereicht.

Ihre Hand streicht über seine Wange. Er lässt es zu und schließt für einen Bruchteil einer Sekunde die Augen.

„Es gibt Zeiten, da wache ich mit dem Gedanken an dich auf und schlafe damit auch wieder ein. In schweren Zeiten hilft es mir an etwas Positives zu denken." Lisa ergreift die seltene Gelegenheit auch ihm ihre Gefühle mitzuteilen.

Sie spürt wie er sich etwas zurückzieht. Bereut er vielleicht schon, so offen gewesen zu sein. Aber Lisa will in diesem Moment nicht darauf Rücksicht nehmen.

„Weißt du Tom, es ist schon lange kein unverfängliches Verhältnis mehr. Vielmehr…" sie hält kurz inne,

„ich lieb dich, wenn du bei mir bist."

Tom hält einen Moment den Atem an, das Wort Liebe wurde zwischen ihnen nie erwähnt. Doch dann sieht sie in seinen Augen, dass es ok für ihn ist.

Auch er öffnet etwas seinen Panzer, der seine weiche Seite umschließt.

„Und wenn ich nicht bei Dir bin?" fragt er unvermittelt. Lisa lächelt ihn an. „Dann liebe ich dich nicht."

„Hast du je herausgefunden warum er so schwer mit seinen Gefühlen umgehen konnte?" fragt Marta in die Stille die sich nach Lisas Erzählungen breit gemacht hat. Lisa antwortet nicht sofort. Sie ist noch weit zurück in ihrer Vergangenheit, ganz nah bei Tom.

„Eine sehr dominante Mutter, ein schwacher Vater und ein Bruder, der der Sonnenschein der Familie war. Er hat sich keine Schwächen eingestanden. Und in seinen Augen waren Gefühle Schwächen. Einmal hat er mir gestanden das der einzige Mensch den er ganz in sein Herz gelassen hat, seine Tochter ist. Niemand sonst hat ihn je so erreicht wie sie."

Marta sieht mit großen Augen auf Lisa. „Hat dich das nicht verletzt? Ihr hattet ein jahrelanges Verhältnis und du warst nicht in seinem Herzen?" Es ist nicht zu übersehen, dass Marta entsetzt ist. Das alles passt nicht in ihre Werte Vorstellung. Wenn schon ein zweiter Mann im Leben, dann doch zumindest die ganz große Liebe.

„Nein, ich war zu keiner Zeit verletzt. Ich hatte doch gar kein Recht Ansprüche zu stellen.

Wir hatten beide unser Leben, jeder für sich. Es war so schön ihn in einem Teil meines Herzens zu haben. Ich war mir sicher auch einen Platz in seinem Herzen zu haben. Ihn ab und zu zu sehen, mit ihm zu reden und ihn zwischen meinen Schenkeln zu spüren. Ja, und wenn ich mir seiner bewusst sein wollte, war er da. Und genau das, war ich auch für ihn."

Marta schüttelt den Kopf. „Und warum hat es denn überhaupt geendet, wenn es so schön, unkompliziert und ohne schlechtes Gewissen, ein guter Teil Eures Lebens war?"

Jetzt klingt sie fast, als wäre sie enttäuscht von Lisa.

„Weil das Leben grausam ist!" Antwortet Lisa und Marta weiß ohne ein weiteres Wort, dass das Gespräch für heute beendet ist.

Lisa kam spät nach Hause. Sie hatte einiges zu besorgen und ihr Besuch bei Herrn Dr. Hillebrandt gab ihr ein beruhigendes Gefühl. „Nun ist alles geregelt," hatte sie sich von ihm verabschiedet.

„Ich bin Ihnen sehr dankbar für Ihre Hilfe."

„Was habe ich schon getan," lächelt er sie an, „wer kann schon etwas erwidern, wenn Sie einen Plan haben. Das war schon immer so und wird sich auch nicht ändern."

Ein erfreulicher Besuch, ein Wiedersehen mit einem langen Weggefährten.

Eigentlich hätte das ein schöner Tag werden sollen. Doch der anschließende Besuch bei ihrem Hausarzt war weniger motivierend.

Früher ist sie nur zu ihm gegangen um sich eine Impfung für ihre Reisen abzuholen. Tollwut, Zecken, Hepatitis und all das was man benötigt um sich entfernt der Zivilisation aufzuhalten. Lisa war stets bester Gesundheit. Auch nach ihrem schweren Unfall hatte sie sich schnell erholt.

Eine Konstitution wie ein Pferd hat der Arzt ihr damals bestätigt. Schnell schiebt sie die Gedanken an diesen furchtbaren, schicksalshaften Unfall beiseite. Und jetzt? „Sehen Sie auf ihren Ausweis Lisa," hat er gesagt,

„Sie sind nicht mehr die Jüngste und müssen sich mehr schonen."

„Warum," hat Lisa kopfschüttelnd gefragt. „Um da zu sitzen und darauf zu warten wie mein Körper einen Schlussstrich unter mein erfülltes Leben zieht?"

„Ich will Ihnen ja nichts vormachen. Gesund sind sie schon lange nicht mehr. Ihr Herz ist schwach, es schlägt unregelmäßig und langsam. Es braucht Unterstützung. Eine Operation und es würde noch ein

bisschen besser gehen. Voraussichtlich."

„Voraussichtlich?" Lisa sieht ihn kampflustig an. Ihre wachen Augen ziehen sich zu kleinen Schlitzen

zusammen, so als würde sie dadurch in ihn hineinsehen können.

„Es geht so lange es geht und so lange ich irgend kann bleibe ich aktiv. Es macht mich glücklich,

mein gesellschaftliches Leben. Das macht mich aus. Ich habe mir schon vor vielen Jahren vorgenommen einmal glücklich zu sterben. Kein Aufpasser, kein Pflegeheim. Volles Risiko Herr Doktor. Wer rastet der rostet! Punkt um!" Er kennt Lisa zu lange um zu wissen, dass er sie nicht überreden kann. Ihr wacher Geist hält nicht mehr Schritt mit ihrem Körper aber in seinem inneren versteht er sie.

Als sie an die Wohnungstür tritt um den Schlüssel ins Schloss zu stecken, sieht sie den Zettel an der Tür kleben.
 – Bitte komm zum Abendessen. Lukas kommt auch.-

97

Lisa dreht auf dem Absatz um und klingelt an Martas Wohnungstür. Als sie öffnet hält Lisa ihr den Zettel unter die Nase.

„Was willst du mit einer alten Frau, wenn dein Liebster kommt?"

„Er mag dich, das weißt du doch und… ich brauche einen ruhigen Pol und .. "

„Und was?" fragt Lisa.

„Ich möchte so etwas wie einen unkomplizierten Familienabend. Nicht das wir wieder im Bett landen! Damit kehren wir gern unsere Probleme unter den Tisch. Ich will sowas wie einen normalen Abend."

„Gut, ich an deiner Stelle hätte mich für Sex entschieden," antwortet Lisa. „und ich fühle mich nicht so wohl als Sex Verhinderer, aber ja. Wenn du das gern möchtest, bin ich dabei."

Beide lächeln und Lisa bemerkt erst jetzt das Marta aussieht wie eine kleine Köchin.

Die Haare hat sie mit einem Tuch zurückgebunden, die gestreifte Schürze reicht fast bis zu den Knöcheln und das ungeschminkte Gesicht hat sie offensichtlich mit Mehl und einer dunklen Flüssigkeit dekoriert. „Du siehst so schön aus. Genauso solltest du Lukas empfangen."

„Aber ich bin so unordentlich und ein bisschen schmutzig."

„Eben drum!" bemerkt Lisa und dreht sich auf dem Absatz um.

„20 Uhr." Hört sie Marta rufen und geht lächelnd in ihre Wohnung.

Als Lisa pünktlich an der Tür klingelt ist Marta sorgsam hergerichtet. Die Wohnung glänzt und der Tisch ist liebevoll gedeckt. Lukas ist schon da und begrüßt Lisa mit einer Umarmung.

„Schön, dass wir uns mal wieder sehen. Du bist keinen Tag älter geworden."

„Charmanter Lügner," entgegnet Lisa, „ich freue mich auch dich zu sehen."

Marta ist die perfekte Gastgeberin. Perfekt, wie alles an ihr.

„Zuerst einen Bellini?" fragt sie ihre Gäste und bringt einen bereits vorbereiteten Cocktail zum Vorschein. Die Atmosphäre ist freundlich und entspannt und Lukas ist ein guter Gesprächspartner. Er hört interessiert zu und belebt die Unterhaltung. Ein intelligenter Junge, denkt Lisa und ihre

Gedanken gehen zurück zu Tom. Er war ähnlich. Spritzig und überschäumend, wenn es darum ging seine Meinung zu vertreten, aber auch zurückhaltend und abwartend, wenn er anderen zuhörte.

„Was meinst du Lisa?" fragt Lukas und reißt sie damit aus ihren Gedanken.

„Ich liebe sie, ich liebe sie wirklich. All ihre kleinen Macken aber auch ihre Stärken. Sie zeigt mir häufig wie wichtig es ist, genauer hinzuschauen auf die Welt. Ihre Empathie und ihre Hilfsbereitschaft…"

„Ich weiß Lukas," unterbricht Lisa ihn. Sie war noch nie gut darin abzuwarten, wenn sie merkt das jemand um den heißen Brei herumredet.

„Aber? Was willst du mir sagen Lukas." Er fühlt sich ertappt und wischt sich mit der Hand eine
Haarsträhne aus dem Gesicht.

„Sie macht mich wahnsinnig mit diesem ständigen Kontrollwahn. Ihr fehlt jegliche Form von Spontanität." „Wenn dir wirklich was an ihr liegt," fährt Lisa fort und beobachtet genau seinen Gesichtsausdruck,

„dann nimm sie an die Hand und zeig ihr wie schön das Leben ist, wenn man über Klippen springen muss um das

Glück zu finden. Zeig ihr wie schön es ist, wenn ganz ungeplant etwas geschieht womit man nicht rechnen konnte. Etwas was nicht planbar war."

Bevor Lukas etwas erwidern kann ruft Marta aus der Küche zum Essen. Gemeinsam gehen sie in die kleine Wohnküche. Marta hat alles perfekt vorbereitet, den Tisch gedeckt wie eine Festtafel und Kerzen die den Raum erhellen. Nicht nur die Kerzen leuchten hier, auch Marta strahlt mit erwartungsvollen Augen auf ihre Gäste. Sie hat die Vorspeise bereits angerichtet und die Teller sind dekoriert wie kleine Gemälde.

„Setzt euch und Lukas, schenkst du bitte den Wein ein. Hier die Vorspeise.

Ein rote beete carpaccio mit Tranchen aus frischen Orangen und gerösteten Pinienkernen. Eine Vinaigrette aus frischen Kräutern und

feinem Olivenöl gekrönt mit einer kurz angebratenen Jakobsmuschel."

Marta blickt in die Runde und wartet auf ein Urteil.

„Das sieht wundervoll aus," bemerkt Lukas voller Bewunderung und sieht sie liebevoll an.

„Manches geht nicht ohne Plan," bemerkt er leise an Lisa gerichtet. „Die Mischung machts."

Antwortet Lisa ebenso leise und beide müssen lachen als sie in Martas fragendes Gesicht sehen.

Obwohl es Martas Wunsch war, dass Lisa bleibt bis Lukas sich verabschiedet, entscheidet Lisa sich diesem Wunsch nicht zu entsprechen. Die beiden gehen so liebevoll miteinander um, dass Lisa das Gefühl hat wie ein Spanner neben ihnen zu sitzen. Sie gibt Marta einen Kuss auf die Stirn und zwinkert Lukas

verschwörerisch zu. „Ich bin müde, Entschuldigt eine alte Frau."

Wie so oft in der letzten Zeit verbringt Lisa den Abend und die Nacht auf dem gemütlichen Ohrensessel, die Füße auf dem Hocker abgelegt. Sie verweigert ihrem Körper die Ruhe und den Schlaf den er von ihr fordert. Es ist als hätte sie Angst schlafen zu gehen. Sie schließt die Augen und lässt den Tag Revue

passieren. Die Unterschrift unter ihrem Testament gibt ihr ein beruhigendes Gefühl. Sie freut sich über ihre Entscheidungen und ist sicher auf diesem Wege vielen Menschen in ihrer Umgebung geholfen zu haben. Ein Lächeln zieht über ihr Gesicht, wenn sie daran denkt. Und dann später, der Besuch beim Arzt und sein besorgtes Gesicht. Es hat ihr keine Angst gemacht. Sie selbst hat das Gefühl das es Zeit wird zu gehen, wenn auch noch nicht sofort. Ihr Herz und ihr Kopf sind voll mit Erinnerungen und Menschen denen sie begegnet ist. Mehr Platz ist weder im Kopf noch im Herzen, sagt sie laut zu sich selbst und grinst in sich hinein.

Und Marta und Lukas, kann sie sie alleine lassen? Ja denkt sie, sie sind wie füreinander geschaffen.

Im Laufe des Abends konnte sie es wieder einmal beobachten. Ihre Vorstellungen vom Leben scheinen soweit auseinander zu liegen und dennoch, sie sind sich so nahe.

Es war ein schöner Abend und lange hat Lisa nicht mehr so viele Köstlichkeiten zu sich genommen. Marta kocht großartig und ihre Phantasie und der Mut die unterschiedlichsten Zutaten zu kombinieren zeigt wie sie wirklich ist. Phantasievoll und

mutig. Das wird schon, denkt sie, bevor ihr die Augen zufallen und sie einschläft.

Irgendetwas schmerzt in ihren Träumen und plötzlich hört sie wie Marta nach ihr ruft. Sie versucht die Augen zu öffnen und es gelingt ihr nur mit Mühe und Not. Und richtig, Marta ist über sie gebeugt und sieht sie mit besorgtem Gesicht an.

„Lisa, meine Lisa um Himmels Willen was ist mit dir?" Lisa kann nicht antworten und hört weit entfernt eine Männerstimme.

„Bitte lassen Sie uns unsere Arbeit tun. Sie lebt, keine Sorge." Und Martas Schluchzen entfernt sich von ihr und sie fällt zurück in ein dunkles warmes Etwas.

Als Lisa das nächste Mal die Augen öffnet ist es hell. Sie liegt in einem fremden Bett und die warme Sonne scheint durch ein großes weit geöffnetes Fenster. Marta sitzt neben ihrem Bett auf einem Stuhl und
streichelt ihre Hand. „Marta mein Mädchen, was ist hier los? Ist etwas mit Dir?"

„Ach Lisa, warum denn mit mir." Tränen der Erleichterung rollen aus ihren Augen und sie lächelt Lisa an. Offensichtlich hat sie auf eine Klingel gedrückt, denn es öffnet sich die

Tür und eine Krankenschwester und ein Arzt treten schnellen Schrittes an ihr Bett.

„Na da sind wir ja wieder," begrüßt sie die Krankenschwester und greift nach ihrer Hand um den Puls zu messen.

„Wo Sie sind weiß ich nicht und warum ich hier bin könnte mir vielleicht mal jemand erklären,"
antwortet Lisa ungewohnt patzig. Der Mann in weißer Kleidung greift schnell ein um deeskalierend zu wirken.

„Mein Name ist Lutgar Rüger, Sie befinden sich hier im Humboldt Klinikum und ich bin Oberarzt auf der inneren Abteilung. Diese junge Frau hier hat sie in Ihrer Wohnung gefunden. Sie waren bewusstlos. Ganz offensichtlich ein Schwächeanfall."

Lisa legt ihre Hand auf Martas und sieht sie dankbar an.

„Na das kommt mal vor in meinem Alter," sagt sie an den Arzt gewandt, „nun bin ich ja wieder wach und kann nach Hause gehen. Wie Sie sehen bin ich in guten Händen."

Ihre Augen sehen fest auf den Doktor der ihrem Blick tapfer stand hält.

„Und übrigens, Sie sehen aus als hätten Sie gerade das Abitur gemacht, sind Sie nicht viel zu jung für einen Arzt?"

„Na zumindest verfüge ich schon ein paar Jahre über den Doktortitel und was Sie angeht kann ich nur

sagen, so schnell schießen die Preußen nicht!" versucht er zu scherzen.

„Ein bisschen möchte ich Sie noch hierbehalten. Ich möchte ein paar Kontrolluntersuchungen durchführen um zu sehen was Ihnen fehlt. Und wir müssen beobachten ob sich der Anfall wiederholt."

„Sie brauchen mich nicht untersuchen Herr Doktor Rüger. Ich bin nicht krank, nur alt. Das endet

zwangsläufig mit dem Tod und auf den werde ich ganz sicher nicht im Krankenhaus warten. Ich werde diese heiligen Hallen so schnell wie möglich verlassen, auch wenn Sie noch so schöne Augen haben und mich damit so eindringlich ansehen."

Martas Augen füllen sich sofort wieder mit Tränen. „Lisa bitte ruh dich hier etwas aus und lass dir helfen. Bitte, ich komme dich auch jeden Tag besuchen."

Alle Augenpaare in diesem Raum sind auf Lisa

gerichtet und die nervige Krankenschwester mit ihrem Kindergehabe nickt zusätzlich mit dem Kopf.

Lisa stöhnt auf. „Gut, machen wir einen Deal Herr Doktor mit den schönen Augen. Ich bleibe, ganz genau zwei Tage. Dann können Sie sehen das es mir gut geht. Holen Sie sich bis dahin meine Unterlagen von meinem Hausarzt. Dann haben Sie ein vollständiges Bild und ich kann wieder nach Hause.

Komische Untersuchungen mache ich nicht mit. Hand drauf junger Mann."

Herr Dr. Rüger greift nach Lisas Hand und schlägt ein.

„Abgemacht Sie Sturkopf."

„Wie gut, dass ich den Schlüssel zu deiner Wohnung hatte," prustet Marta aufgeregt heraus, als die anderen den Raum verlassen haben.

„Ich hatte ein komisches Gefühl und als du nicht reagiert hast, auf mein Klingeln und klopfen, habe ich ihn benutzt."

„Das war gut so Marta, ich danke dir sehr das du so schnell reagiert hast. Ich bin hier noch nicht fertig.

Es gibt noch etwas für mich zu tun und deshalb bin ich dir dankbar."

„Ich hasse es, wenn du so sprichst Lisa. Du darfst noch nicht daran denken zu sterben. Ich brauche dich so sehr."

„Ich brauche dich auch meine Kleine und hör auf zu heulen, noch bin ich hier und ich bleibe noch etwas. Versprochen. Nun sei mal ein großes Mädchen und hör mir zu. Ohne weinen und ohne Widerrede. Ja?" vergewissert sich Lisa. Marta nickt und ihr schwant schon was jetzt kommt.

„Ich werde nichts dem Zufall überlassen. Wenn es soweit ist, will ich gehen. Ganz selbstbestimmt so wie ich gelebt habe. Keine Maßnahmen die mich am Leben erhalten was kein Leben mehr ist."

Marta setzt an etwas zu erwidern, aber Lisa hebt die Hand um ihr zu zeigen das sie noch nicht fertig ist. „Es ist alles geregelt. Du brauchst keine Entscheidungen treffen. Ich bitte dich lediglich darum, darauf zu

achten das meine Wünsche erfüllt werden. Es gibt ein Testament und eine Verfügung bei meinem

Rechtsanwalt. Ich bitte dich Marta, geh zu ihm und lass dir alles begreiflich machen, wenn es soweit ist." Über Martas Wangen laufen Tränen und sie ist nicht in der Lage etwas zu erwidern.

„Es ist gut das du jetzt nicht sprechen kannst," lächelt Lisa sie an, „dann kannst du mir auch nicht

widersprechen."

So wie Lisa es sich vorgenommen hat ist sie zwei Tage später wieder zu Hause. Der Bericht ihres
Hausarztes und der Austausch der Ärzte hat Lisas Einstellung nicht verändert.

„Keine Operation, und Ende der Diskussion." Hat sie bei ihrem letzten Gespräch mit dem netten und
inzwischen etwas verzweifelten Oberarzt gesagt. Ihr ginge es wieder ganz gut und sie kann ihre
Aktivitäten in vollem Umfang wieder ausführen. „Schließlich habe ich Verpflichtungen," erzählt sie mit spöttischem Ernst, „ich bin im Chor und wir haben einen wichtigen Auftritt. Ohne meine entzückende Stimme sind die aufgeschmissen." Ein letztes Zwinkern, ein fester Händedruck und Lisa verlässt mit
aufgerichteten Schultern das Krankenhaus.

Marta kommt jetzt jeden Abend um nach ihr zu sehen und Lisa versucht sie davon zu überzeugen, dass es ihr gut geht. „Nimm dein Leben wieder auf. Triff dich mit jungen Leuten und vor allem mit Lukas. Mir geht es gut. Ganz wirklich. Ich bin wieder fit als wäre ich 75."

Marta verdreht die Augen und Lisa sieht sie vorwurfsvoll an.

„Du rollst nicht mit den Augen über mich, sonst leg ich dich übers Knie. Verstanden?"

„Ja, du Tyrann," antwortet Marta und beide müssen lachen.

Marta hat für Lisa gekocht und sie sitzen in Lisas Wohnzimmer. Es gibt ein Risotto mit Steinpilzen und getrüffeltem Parmesankäse. Wie immer ist es köstlich, wenn Marta etwas zubereitet. Den Wein wollte Marta ihr verweigern aber mit viel

Überzeugungskraft hat sie sich ein gutes Glas Roten erobert.

„Wie geht es mit Lukas?" erkundigt sich Lisa und Marta zuckt mit den Schultern.

„Wir reden viel miteinander. Manchmal stundenlang. Nachts per Videochat. Früher, vor unserem großen Streit, wenn er längere Zeit beruflich unterwegs war, hatten wir manchmal auch Sex per Video."

Marta wird rot und Lisa schaut sie bewundernd an.

„Oh, das hätte ich dir gar nicht zugetraut. Mochtest du es?"

„Na ja," Marta denkt nach, „ja, im Grunde schon. Es war aufregend."

„Du bist für ihn über deine Grenzen gegangen und hast es gemocht?" Marta nickt.

„Was für ein Liebesbeweis und ein Beweis dafür das es richtig ist Grenzen einzureißen. Und jetzt? Wenn Ihr stundenlang redet?" Lisa lässt nicht nach und bohrt weiter.

„Jetzt," antwortet Marta, „reden wir über unsere Zukunft. Über unsere Probleme.

Ich halte ihn auf Abstand."

„Du bestrafst ihn mit Sex Entzug?"

„Nein," braust Marta auf, „nein, so ist das nicht. Aber er hat mich verletzt. Er verletzt ständig meine

Gefühle. Ganz in meinem inneren bin ich noch sauer auf ihn!"

Lisa gefällt diese trotzige Marta. In diesen Situationen zeigt sie mehr von sich als ihr lieb ist. Vor allem zeigt sie dann Emotionen. „Es ist normal sich manchmal verletzt zu fühlen. Du darfst sauer sein, liebes. Wenn aber dann die erste Wut verflogen ist, solltest du darüber nachdenken ob diese ersten flüchtigen Gefühle wirklich ein Recht haben dich zu beeinflussen."

„Ach das klingt immer so schlau, wenn du das sagst, aber irgendwie nehme ich dir nicht ab das du dich immer im

Griff hattest. Warst du nie sauer auf Tom? Hat er nur seine Schokoladenseite gezeigt und dich nie verletzt?"

Lisa braucht nicht lange zu überlegen.

„Oh doch, das hat er. Es gab Augenblicke da habe ich mir fest vorgenommen ihn nie wieder zu sehen.

Und dann habe ich mich gefragt, wen ich eigentlich mehr bestrafe. Ich habe mich gefragt warum er in manchen Situationen gar nicht darüber nachdenkt, dass ich verletzt sein könnte. Es kam vor, da hat er mich hängen lassen mit einer Antwort ob wir uns sehen können. Ich war in der Stadt, nah bei ihm und er hatte keine Zeit mich zu treffen. Ja, das kam vor. Ich saß in meinem Hotelzimmer und habe ihn verflucht, in die Kissen gebissen und geheult. Und dann, wenn ich langsam wieder zu Bewusstsein kam, habe ich mich gefragt ob er ernsthaft vorhatte mich zu verletzen und sofort war mir klar, dass er das nicht im Entferntesten wollte. Das waren allerdings seltene Augenblicke und ich konnte das verkraften. Ich habe stets versucht mich nicht so wichtig zu nehmen. Das ist das größte Problem der Menschen. Sie nehmen sich zu wichtig!"

Marta sieht auf ihre ineinander verschlungenen Hände. „Ich auch," fragt sie flüsternd.

Lisa legt ihre Hand auf Martas Arm. „Ja Liebling, wir alle tun das ganz oft. Es liegt in der Natur des Menschen. Doch es hilft, wenn man sich manchmal selbst reflektiert und drauf schaut was in diesem Moment wichtig ist und warum etwas passiert wie es gerade passiert. Deshalb sind wir noch lange keine Egoisten, wir verstehen uns selbst einfach am besten. "

„Keiner versteht mich, nur ich verstehe mich!" Marta zwinkert ihrer Freundin zu um zu zeigen, dass sie ihrer Meinung ist.

„Genau," antwortet Lisa „aber wenn wir merken das alle um uns herum doof sind, stimmt vielleicht bei uns was nicht!" Endlich lachen sie einander wieder an.

Glaubst du das Lukas mit vollem Bewusstsein etwas tut was deine Gefühle verletzt?"

Marta antwortet schnell, ohne nachzudenken. „Nein, ganz sicher nicht!"

Lisa nickt zufrieden. „Siehst du! Also müssen wir nur verstehen warum der andere reagiert wie er reagiert. Und dann haben wir genau drei Möglichkeiten.

Entweder wir nehmen es hin, oder wir sprechen es an und reden darüber und die dritte Option wäre weglaufen."

„Ich kann aber nicht so gut reden wie du, ich fange immer gleich an mit den Tränen zu kämpfen und ja, vorläufig halte ich ihn auf Abstand. Das ist meine, die vierte Option! Ich glaube es macht meinen Kopf klar und ich will nicht das alles zwischen uns über Sex definiert wird. Ich will herausfinden was uns verbindet. Vielleicht bestrafe ich mich selbst, das nehme ich in Kauf."

Marta endet mit einer Handbewegung die keine Widerrede zulässt.

Lisa nickt und ihr Blick geht in die Ferne. Lange ist es ruhig zwischen den ungleichen Frauen.

„Ich weiß was du meinst," hört Marta ihre Freundin flüstern. „Ich weiß sehr gut was du meinst!"

So nah und doch so fern

Sie hatten sich über ein Jahr nicht gesehen. Wie so oft wusste Lisa nicht genau ob die Freude ihn zu sehen oder die Angst vor ihrem fortschreitenden Alter überwogen.

Die Zugfahrt nach Aachen betrug sieben Stunden, sieben Stunden in denen Lisa darüber nachdachte wie der Abend verlaufen soll. Sie sehnte sich so sehr nach seinen Küssen, seinem Mund der ihren ganzen Körper in Besitz nimmt und ihre Bauchdecke zum Zittern bringt. Sein Geruch und seine Gestalt. Sie denkt daran wie sie ihm die Knöpfe

seines Hemdes öffnet und sie seine durchtrainierte Brust freilegt um sofort ihr Lippen darin zu vergraben.

Ihr Bewusstsein wird schwinden, wenn seine Hände ihre Brust umschlingen und seine Zunge ihre Brustwarzen

umspielt.

Ist sie, die erfolgreiche Geschäftsfrau und Psychologin so etwas wie ein nach Sex hungerndes Weib mit dem er machen kann was er will? Er hatte sich lange nicht bei ihr gemeldet und auch ihre Emails wurden nur kurz und knapp beantwortet. *Sogar als sie ihm mitteilte das sie ganz in seiner Nähe einen Vortrag hält und die Nacht dort verbringen wird erschien ihr die Antwort zu leidenschaftslos. Dann bin ich um 20 Uhr bei Dir am Hotel. Freue mich!*

Das war alles.

Nein, spricht Lisa mit sich selbst, nein, er wird keine sex hungrige Frau vorfinden, die nach Monaten des Schweigens willig in seine Arme sinkt. Nein, Lisa Weges, das kommt nicht in Frage.

Ein Wiedersehen und ein Abendessen von zwei sehr vertrauten Menschen, Kollegen, Freunden.

Das mit dem Liebhaber lassen wir aus. Und ja, vielleicht ist es ihm Recht. Lisa ist es gewohnt zu entscheiden und ihre Entscheidung ist gefallen. Diese Verbindung dauert schon so viele Jahre an und ihr enormer Altersunterschied von mehr als 20 Jahren wird nicht kleiner. Aus Lisas Sicht wird er eher größer. Tom ist Anfang 40. Nach wie vor steckt er in einem höchst attraktiven Körper. Und Lisa? Sie braucht keinen Blick in ihren Ausweis um zu wissen wie alt sie ist. Die Haut ist fahl geworden, die paar vorhandenen Fältchen haben sich vermehrt und ihr Körper weist deutliche Spuren ihres Alters auf.

Nein, Lisa Weges heute wird sich nicht ausgezogen. Heute wird geredet, gelacht und nicht gevögelt. Vom Beginn der Beziehung,

116

oder wie man das Verhältnis zwischen ihnen nennen will, hatte sie
Angst vor dem Moment in dem sie das Entsetzen in seinen Augen
sieht, wenn er sie nach langer Zeit wieder sieht. In denen sie
Fluchtgedanken in seinen Augen erkennt. Sie ist davon überzeugt,
dass dieser Augenblick naht und dem greift sie vorweg.

Wie verabredet steht er um 20 Uhr vor dem Hotel. Lisa hat es
gerade geschafft sich noch etwas frisch zu machen und ihr Makeup
aufzupeppen. Er sieht umwerfend aus und Lisa fühlt sich in ihrer
Entscheidung bestätigt. Was will er bloß von einer alten Frau wie
mir? Fast schüchtern begrüßt er sie mit einem Kuss auf die
Wange.
„Lange nicht gesehen Frau Kollegin."
„Das ist wohl wahr," antwortet Lisa und hakt sich bei ihm unter.
Er lässt es zu und sie weiß das es ihm nicht ganz wohl dabei ist.
Aber auch etwas anderes ist unverändert.
Die Nähe, die Vertrautheit dieses innige Gefühl ist sofort wieder
da und ohne viele Worte weiß sie, dass es ihm ganz genauso geht.
Er führt sie in ein kleines Weinlokal ganz in der Nähe des Hotels.
Da sitzen sie sich nun gegenüber,
als hätte es keine Zeit der Trennung gegeben, keine Unsicherheit.
Sie reden über ihre Sorgen und Nöte, necken

einander und Lachen miteinander über sich selbst. Normalerweise sind diese Abende gekrönt mit gutem, aufregenden Sex. Aber Lisas Plan hat sich nicht verändert. Nach dem Essen gehen Sie langsam in Richtung Hotel. Sie gehen

nebeneinander her ohne sich zu berühren und diskutieren über das neueste Buch von Kurt. Nur der Inhalt wird

besprochen, über den Ehemann Kurt verlieren sie wie immer, kein Wort.

„Möchtest du noch ein Glas in der Bar mit mir trinken?" Es ist als ob er spürt, dass das, das Ende des Abends sein wird. Er fragt nicht, drängt sie nicht und scheint zufrieden einfach in ihrer Nähe zu sein.

„Gern," antwortet er und so gibt es einen Absacker der sich noch etwas hinzieht. Später als sie mit ihm vor die Tür tritt um ihn zu verabschieden nimmt er sie in die Arme. Auf belebter Straße nimmt er ihr Gesicht in die Hände und küsst sie sanft.

„Ich hoffe es dauert nicht wieder so lange bis wir uns wiedersehen," haucht er an ihr Ohr bevor er sie ein zweites Mal an sich zieht.

„Das hoffe ich auch." Mehr bringt Lisa nicht heraus. Ihre Knie sind weich und das nicht vom Alkohol.

„Du hast ihn wirklich ziehen lassen?" Marta scheint verblüfft. „Ja und ich habe es bereut, sobald ich der Tür und somit Tom den Rücken gekehrt hatte. Aber es hat mich auch bestärkt darin, dass in unserer

Beziehung nicht nur Sex im Vordergrund steht. Ist es nicht das was du mit Lukas auch herausfinden willst?"

Marta nickt, „Ja, aber ich weiß nicht wie ich aus der Nummer wieder herauskomme. Es geht ja schon eine Zeit so und ich will das er zurückkommt, in mein Bett. Ich sehne mich nach seiner Nähe.

Wie seid ihr zurückgekommen, zum normalen Umgang miteinander?"

Immer wieder Tom

Ein bisschen mulmig war ihr schon als sie dem Wiedersehen mit Tom entgegenfieberte.

Mehr als ein paar Emails ein paar SMS, viel mehr hat Lisa nicht vom ihm gehört in den vergangenen Monaten. Sie wollte da eigentlich gar nicht viel rein interpretieren, aber irgendwie dachte sie schon darüber nach, wie ihr Wiedersehen ausfallen würde.

-Am 25. Mai bin ich in Köln. Um 19 Uhr endet die Vorlesung, sehen wir uns danach? -

Die Antwort auf die kurze SMS kam prompt.

-Kann um 20 Uhr in der Stadt sein. Sag wann und wo.-

Jetzt, in der Mittagspause wird es Zeit sich einen Treffpunkt auszudenken und es ihm mitzuteilen.

-Wie wäre Pizza und Wein auf meinem Hotelbett? -

Diesmal lässt die Antwort etwas auf sich warten und Lisa wird nervös. Vielleicht will er gar nicht mehr auf oder besser in ihr Bett. Vielleicht ist ihm inzwischen auch klar wie sehr sich der Altersunterschied vergrößert, wenn man mal ganz objektiv über den Prozess des Alterns nachdenkt. Erst am Nachmittag zeigt das

Handy die Ankunft einer SMS an. Lisa sieht zwar das Zeichen auf ihrem Handy, ist aber mitten in ihrem Vortrag, sodass sie sie nicht lesen kann. Verstohlen schaut sie das Handy an, das ganz unschuldig auf dem Rednerpult vor ihr liegt.

Die Spannung wechselt mit Unruhe und die Konzentration auf den Vortrag ist nur schwer zu halten.

Lisa spricht gerade ausführlich über die Spirale der Panikattacke, die Angstkurve die sich im Körper des Patienten ausbreitet und seine Gehirnfunktionen fast komplett ausschaltet. Es ist Lisas Spezialgebiet und sie hat diesen

Vortrag schon häufig gehalten. Riskiere einen Blick aufs Handy, denkt sie während sie mit Witz und Charme

dieses schwierige Thema behandelt. Sie ist eine routinierte Rednerin und niemand der

sie nicht sehr gut kennt, würde bemerken das sich in ihr gerade etwas ausbreitet, was ihre Gehirnfunktion

*einschränkt. Gekonnt und ohne, dass die Zuhörer es bemerken tippt sie auf ihr Handy um die Textnachricht zu öffnen. -****Na zum Glück lässt du mich nicht wieder vor der Tür stehen. Bin pünktlich und freue mich. –***

Yeah, denkt sie und lächelt ihr Publikum an. Es ist an der Zeit das ernste Thema etwas aufzulockern.

„Der Patient besteht im Grunde nur noch aus Angst, möglicher-
weise hat er Selbstmordgedanken. Helfen Sie ihm, liebe Kollegin-
nen und Kollegen!" Lisa lässt eine kurze Pause bevor sie fortfährt.
„Nicht beim Selbstmord natürlich!" Psychologen haben einen
ganz eigenen um nicht zu sagen eigenartigen Humor. So wusste
Lisa im Vorfeld, dass sie für diese Bemerkung ein paar Lacher
einfährt. Der Rest des Vortrags ist Routine. Sie liebt es auf der
Bühne zu stehen und schafft es meistens ihr Publikum in ihren
Bann zu ziehen. Und so ist es auch dieses Mal. Der Applaus ist
ihr sicher und sie verbeugt sich am Ende mit einem Lächeln wie
nur sie es vermag.

Ein Blick auf die Uhr verrät, dass sie noch etwas Zeit hat sich
frisch zu machen und den Neuen sündhaft teuren
Spitzenbody anzuziehen. Sie betrachtet sich im Spiegel und stellt
fest, dass er ihre Rundungen gut in Szene setzt. Trotzdem ent-
schließt sie sich zu gegebener Zeit das Licht zu reduzieren. Schnell
noch etwas unverfängliches
überziehen denkt sie. Ich will ja nicht gleich mit der Tür ins Haus
fallen. Sehr pünktlich um 20 Uhr klopft es an der Zimmertür. „Sie
haben Pizza bestellt, meine Dame. Wein und mehr!" begrüßt er
sie keck.

„Und mehr, wäre auch nicht schlecht" antwortet Lisa und bricht damit sofort das nicht vorhandene Eis.

Ein flüchtiger Begrüßungskuss und schon steuert Tom ohne Umwege auf das Bett zu um seine Errungenschaften abzulegen. Lisa hat inzwischen die Zahnputzgläser in die Hand genommen und hält sie ihm vor die Nase.

Noch während Tom die Flasche öffnet und die Gläser füllt ist ihre Vertrautheit zurückgekehrt.

„Hast du Dir den guten Tropfen verdient," fragt Tom als erstes und meint damit ihren Vortrag.

„Ja, ich denke schon" antwortet Lisa die sofort weiß was er mit seiner Frage bezweckt hat.

„Die Zuhörer schienen zufrieden und die Fragen nach einer Veröffentlichung meiner Thesen nimmt tatsächlich zu. Ich denke ich muss endlich anfangen das Buch zu schreiben von dem ich schon lange phantasiere."

„Mach das unbedingt Lisa, du hast so viel zu sagen, deine wissenschaftlichen Ansätze sind revolutionär und du merkst doch selbst wieviel positives Feedback du erhältst."

„Ich brauche Zeit dafür und Ruhe. Vor allem Ruhe. Ich müsste mir eine Auszeit vom Alltag nehmen. Eine Auszeit die nur für mich ist und bei der ich Kraft tanken kann für die leeren Blätter die ich füllen will."

Lisa denkt nach während sie auf einem Stück Pizza kaut.

„Lecker übrigens und genau mein Geschmack. Scharfe Salami und Sardellen. Du weißt einfach was mich glücklich macht."

Tom grinst sie an und beide wissen das sie nicht nur die Sardellen meint.

„Was war das eigentlich beim letzten Mal," fragt er ganz unvermittelt. Einfach so, ohne Vorwurf in der Stimme ohne die Augenbrauen hoch zu ziehen, wie er es gern tut, wenn er etwas missbilligt. Es ist eine beiläufige Frage, mehr nicht. Lisa beißt etwas nervös auf ihrer Lippe herum und stellt den leeren Pizzakarton auf den Boden. Jetzt grinst auch sie ihn an und lässt noch eine kleine Kunstpause bevor sie antwortet.

„Es hat sich irgendwie so ergeben. Ich hatte Angst du willst mich nicht mehr, jetzt wo ich zusehends älter werde."

Sie nimmt ihren ganzen Mut zusammen und sagt ganz ehrlich was sie empfindet.

„Jeden Tag sehe ich mich im Spiegel und mir fällt auf wie sehr ich mich verändere. Und du? Du siehst mich vielleicht einmal im Jahr. Da fällt es doch noch mehr auf."

Tom schüttelt unmerklich mit dem Kopf. „Das ist mir egal. Du müsstest das wissen."

„Aber Tom, bitte, das kann dir doch nicht egal sein. Meine Optik ist eine andere geworden. In jedem Jahr ein bisschen mehr."

„Es ist mir egal," bekräftigt Tom ein weiteres Mal. „Du bist ein Ganzes, du bist du und das sehe ich. Dich als Ganzes. Du bist eine KWK."

„Bitte was bin ich?" fragt Lisa und sieht in Toms funkelnde Augen. Er ist wie ein kleiner Junge, denkt sie.

„Klug, Witzig und eine Kanone im Bett!"

„Du bist völlig irre Tom!"

„Ich weiß, irre nach dir. Du bist mir wichtig, nach all der Zeit, bist du es die ich will und da ist mir einfach egal ob du ein paar Falten am Hintern hast."

Lisa sieht ihn entrüstet an aber sie kommt nicht mehr dazu zu antworten. Sein Gesicht kommt ihrem ganz nah, allein sein Atem so dicht an ihrem Ohr bringt sie zum Schwingen und seine Hände auf der Suche nach ihrer Haut lassen sie ihre Bedenken vergessen.

„Du bist mein" flüstert er „immer dann, wenn du bei mir bist."

„Im Grunde war es einfach die verlorene Intimität wieder zurückzugewinnen. Sie war ja nicht verloren, nur etwas verschüttet." Lisa und Marta kehren zurück ins hier und jetzt. Erst jetzt bemerkt Lisa das Marta ihre Hand streichelt und erst jetzt bemerkt sie, dass ihr Tränen über die Wangen laufen. Die Erinnerung an diese innigen Stunden haben Lisa aufgewühlt. Marta wartet ab, bis Lisa wieder ganz zurück ist aus ihren Gedanken.

„Verstehst du was ich meine?" fragt Lisa nach einer gefühlten Ewigkeit.

„Ich glaube schon. Mache ich mir zu viele Gedanken darum? Sollte ich einfach etwas lockerer damit
umgehen und sehen was sich ergibt?" Lisa nickt und lächelt. Sie hat nichts hinzuzufügen.

„Ist er immer nachts bei Dir geblieben?" fragt Marta, die noch nicht genug hat von Lisas Umgang mit
diesen so unterschiedlichen und irgendwie unwirklichen Situationen?"

„Nein, das war eher die Ausnahme. Meist und besonders wenn wir in der Nähe seines Lebensbereiches waren, musste er nach Hause fahren."

Marta überlegt bevor sie sagt was ihr schon lange durch den Kopf geht.

„Ein netter Abend, Sex und tschüss?" Es klingt drastisch und als sie es ausgesprochen hat bemerkt Marta das es auch etwas gemein war so direkt zu sein. Aber Lisa sieht entspannt aus.

„Ja, im Grunde war es genauso. Bei den ersten Malen blieb ich eher traurig zurück, doch im Grunde wusste ich es ja vorher und auch die manchmal viel zu schnelle Trennung, gehörte zu unserer Beziehung. Besser so als gar nicht, dachte ich mir dann immer und im Laufe der Zeit war es auch ok für mich."

Die kommenden Tage sind angefüllt mit vorsichtigen Aktionen, die Lisa wieder etwas mehr Kraft geben sollen. Der hübsche Arzt aus dem Krankenhaus hat mit Marta gemeinsam einen Physiotherapeuten organisiert, der täglich mit Lisa ein paar Übungen macht um sie wieder auf „Vordermann zu bringen" wie er so schön zu sagen pflegt. Er ist ein freundlicher Mann, zwischen 50 und 55 Jahre. Lisas Reiseberichte interessieren ihn sehr.

Er kommt zu den Anwendungen in Lisas Wohnung und hier atmet man ja förmlich fremde Welten ein.

„Was für ein spannendes Leben." Hat er beim letzten Besuch bemerkt. „Ich bin nie viel aus Berlin herausgekommen und habe immer von der großen weiten Welt geträumt."

„Was hat sie abgehalten?" fragt Lisa interessiert. Er denkt einen Augenblick nach, während er Lisas Bein über ihren Körper auf die andere Seite bewegt und wenig auf ihr schmerzverzogenes Gesicht achtet.

„Das Leben, hat mich abgehalten. Der Mut hat mir gefehlt. Der Mut den man braucht, wenn man ausgetretene Pfade verlässt. Das Geld hätte ich zusammen bekommen um vielleicht ein Jahr zu reisen. Einfach, ohne viel Luxus. Ja, dafür hätte es gereicht." Wieder bemerkt Lisa wie sein Blick weit wird, wie er in Gedanken aufbricht.

„Aber nun ist es zu spät. Jetzt bin ich zu alt für solche Träume.!" Endet sein Monolog.

„Wie alt sind sie?" Fragt Lisa. „Mitte 50 vielleicht?" Er nickt ohne dabei von Lisas verdrehten Beinen abzulassen. Lisa lacht kurz auf, obwohl der Stich der sich in ihrem Bein ausbreitet eher nicht lustig ist. „Wollen Sie nun wirklich weiter träumen, in die Ferne blicken ohne sie wirklich zu sehen und zu spüren? Ich war Mitte 60 als ich anfing die Welt zu bereisen. Bis dahin war mein Leben angefüllt mit Arbeit und dem Wunsch es allen recht zu machen. Meistens zumindest." Fügt sie leise hinzu. „Ein Schicksalsschlag hat mich dazu bewogen etwas zu verändern. Leben oder sterben war meine Alternative."

„Und wie haben sie das gemacht," fragt er etwas ungläubig. "den Rucksack aufgeschnallt und los?"

Jetzt grinst er sie an.

„Ja, so ähnlich war es wirklich. Ich hatte einen Bericht gesehen, im Fernsehen, über ein Waisenhaus in Indien. In Kerala um genau zu sein. Das Schicksal der Kinder hat mich berührt. Ich saß da, wälzte mich in meinem Unglück und sah diese Kinder die absolut nichts hatten, die alles verloren hatten, ihr Zuhause, ihre Familien, und dennoch, sie lachten und freuten sich über eine Portion Essen. Ich habe mich geschämt, hier in meinem Luxus zu sitzen und mit dem Leben zu hadern. Meine Freundin hatte Kontakte nach Indien und so bin noch in derselben Woche los. Wo möchten sie am liebsten hin, junger Mann?"

„Costa Rica" antwortet er ohne auch nur einen Augenblick zu überlegen. „Vielleicht auch Peru,

Argentinien, den Amazonas!"

Lisa lacht, „jetzt werden sie aber ausverschämt!"

Er hält inne, endlich auch in seiner Bewegung. „Meinen sie ich kann das schaffen?" Wie als beantworte er seine Frage selbst, schüttelt er langsam mit dem Kopf.

„Nein, mir fehlt der Mut, ich habe das wohl immer gespürt und nie zugeben wollen."

„Sie glauben also sie wären nicht glücklich, wenn sie es nicht tun und nicht glücklich, wenn sie sich auf den Weg machen? Was für ein Zwiespalt den sie da in sich auskämpfen."

Lisa legt ihre Hand auf seinen Arm, mit dem er sich auf dem transportablen Massagetisch abstützt.

„Darf ich ihnen eine Hausaufgabe erteilen?" ohne auf seine Antwort zu warten, redet Lisa weiter.

„Suchen sie Bilder von den Zielen die sie besuchen wollen. Schneiden sie sie aus Zeitungen, oder

drucken sie sie aus, wenn sie etwas im Internet finden. Dann dasselbe mit Dingen die sie vermissen

würden, wenn sie auf Reisen wären."

Jetzt verzieht er ungläubig das Gesicht. "Was soll das?"

„Versuchen sie es. Wir werden sehen ob es funktioniert. Nach einer Woche nehmen sie alle Bilder wieder ab und dann sprechen wir darüber, wenn sie das nächste Mal kommen um mich zu quälen."

„Ich bin nicht sicher ob ich das sinnvoll finde."

„Ihre Entscheidung" antwortet Lisa und greift nach seiner Hand um sicher von der Liege herunter zu kommen. Sie muss zugeben, es geht schon besser seit sie diese Anwendungen bekommt und sie hat den Eindruck etwas ihrer Kraft kehrt zurück.

Als Marta am Nachmittag zu ihrem täglichen Kontrollbesuch kommt, erzählt Lisa von ihren Gesprächen mit dem Physiotherapeuten.

„Du kannst es nicht lassen," lacht Marta, „einmal Psycho immer Psycho."

Lisa bufft Marta freundschaftlich in die Seite.

„Er sieht so unglücklich aus, die ganze Zeit schon ist mir das aufgefallen. Er braucht einen Schubs. Was auch immer das für eine Richtung ist. Wenn er sich dazu entscheidet zu bleiben, soll er es wenigstens aus Überzeugung tun. Er soll aufhören einen Traum zu jagen, den er gar nicht will. Ich will ihm ja nur ein

bisschen auf die Sprünge helfen."

„Das ist es was ich meine, wenn ich sage du kannst es nicht lassen. Lisa meine liebe Lisa du willst immer allen Menschen helfen, nur du selbst nimmst keine Hilfe an."

„Das stimmt doch gar nicht," widerspricht Lisa unvermittelt, „ich lasse zu, dass du jeden Nachmittag deine Zeit mit einer alten Frau teilst."

Sie übersieht bewusst den erhobenen Zeigefinger der ihr entgegengestreckt wird.

Marta sieht glücklicher aus in den letzten Tagen, aber aus lauter Sorge um Lisas Wohlbefinden kommen die beiden Frauen nicht mehr sehr oft dazu ihre Gedanken auszutauschen. Lisa will nicht drängeln und fragen obwohl sie sehr neugierig ist. Das macht sie aus, sie wartet ab.

„Und?" fragt Lisa fast zur Begrüßung als ihr netter Physiotherapeut seinen Tisch aufgebaut hat.

„Was... und," fragt er fast mürrisch zurück.

Lisa lächelt, „wie war ihre letzte Woche und was hängt nun an ihren Lieblingsplätzen und Gegenständen in Ihrer Wohnung?"

Er ist gerade damit beschäftigt die Beine am tragbaren Tisch aufzuklappen.

„Ich habe das nicht gemacht," antwortet er, „das ist doch Hokuspokus. Ich brauche keine Bildchen um zu wissen was ich will."

Lisa versucht langsam auf die Liege zu gelangen und zuckt nur leicht mit den Schultern.

„Ist ja schon gut! War ja nur ein Vorschlag. Wie geht es Ihnen jetzt?"

„Gut" antwortet er, während er beginnt Lisas Beine zu bearbeiten.

„Ich habe Urlaub im nächsten Monat und… ich war im Reisebüro. So zum Testen was ich wirklich will."

Lisa grinst „Und?"

„Ich fliege nach Lima und mache eine Rundreise zum Machu Pitu. Drei Wochen Peru."

„Und warum gucken sie dann so grimmig," fragt Lisa lächelnd.

„Weil Sie nerven."

Mehr bekommt sie nicht aus ihm heraus und er wendet sich schweigend seiner Arbeit zu.

Im Laufe des Nachmittags bekommt Lisa eine Nachricht von Marta.
-Komme gegen 18 Uhr und bringe Pizza mit. OK? -
-Klar –
antwortet Lisa und sucht schon mal nach einer guten Flasche Rotwein.
Sie freut sich auf ihre Kleine und hofft wieder einmal auf die Gespräche mit ihr.

Pünktlich, Marta ist immer pünktlich, klingelt sie an der Tür. Sie würde nie einfach den Schlüssel benutzen und Lisas Privatsphäre stören. Lisa ist wieder ganz schön fit, wenn auch nicht so wie vor ihrem kleinen Schwächeanfall. Sie öffnet die Tür und strahlt Marta an
„Ich sterbe vor Hunger." Begrüßt sie sie euphorisch., „Und vor Neugier" fügt sie hinzu.
„Ich weiß, ich kenne doch meine Lisa." Antwortet Marta und begrüßt ihre Freundin mit einem Kuss.
Lisa hat bereits den Tisch gedeckt und den Wein geöffnet

„Er hat schon geatmet." Bemerkt sie mit einem Kopfnicken in Richtung Weinflasche.

„Darfst du das wieder?" fragt Marta mehr prophylaktisch. Sie weiß schon im Vorfeld das sie dafür einen kritischen Blick erntet.

„Ein gutes Glas Rotwein hat noch niemanden geschadet und wenn, würde sich das Risiko lohnen."

Marta schüttelt den Kopf, aber sie weiß das sie keine Chance hat Lisa davon abzubringen und im Grunde ihres Herzens weiß sie, dass es ihr nicht schadet. Beide sitzen sich gegenüber und prosten sich zu.

Die Pizza vor ihnen dampft noch und riecht köstlich. Lisa greift zum Besteck.

„Auf einen schönen Abend mi guappa, mit der Besten Pizza der Welt."

Auch ihr Geschmack für gutes Essen verbindet die beiden Frauen und die Liebe zur Pizza von Alfredo. „Ich habe dich vermisst meine Kleine, wie schön, dass wir wieder mal zusammensitzen."

„Und ich dich erst," antworte Marta. „ich habe Dir viel zu erzählen."

„Schieß los. Ich platze vor Neugier." Marta ist redselig wie
selten. Fast vergisst sie ihre gute Erziehung und vor allem
ihre selbst auferlegt Disziplin. Sie redet ohne Punkt und
Komma, manchmal auch mit vollem Mund. Lisa hört gespannt zu und beide lachen zusammen an manchen Stellen
der Erzählungen.

„Ich wollte das es perfekt wird, das Wiedersehen mit Lukas,
romantisch und unvergesslich. Ich habe alles vorbereitet.
Ein perfektes Menü, Kerzen, Blumen, Kamin. Alle Klischees
waren erfüllt. Und dann saß ich da in meinem sorgfältig
ausgewählten sexy Kleid und mega gestylt. Ich hatte nur
noch die vorbereiteten

passierten Tomaten in das Avocado Mus unterzuheben und
mir die neuen high heels anzuziehen. Es war schon spät und
wie auch immer, wollte ich ganz schnell beides, und das
gleichzeitig. Die Schüssel mit den Tomaten in der Hand,
suchte ich nach dem Einstieg in meinen rechten Schuh, den
linken hatte ich schon an. In diesem Moment klingelte es an
der Tür und vor lauter Aufregung und in der Eile, bin ich
mit dem Schuh umgeknickt und die Tomatensauce hat sich
mit dem Avocado Mus vermischt, noch bevor beide mein
neues sexy Kleid erwischt haben. Ich lag also auf dem Po, in

der rechten die Tomatensaucenschüssel und in der linken die Schüssel mit dem Avocado Mus.

Als ich mich aufrichten wollte bin ich nochmal richtig am Boden ausgerutscht und mit dem Gesicht in die Tomatensauce gerutscht. Lukas klingelte ein weiteres Mal und es klang etwas ungeduldig. Ich fing an zu heulen und vor Wut habe ich beide Schüsseln mit Wucht an die Wand geschmissen, bevor ich mich

aufgerichtet habe. Mit zwei Sätzen war ich an der Tür um sie zu öffnen. Mein tränenverschmiertes Gesicht mit den Tomatenspuren muss ein erbärmliches Bild abgegeben haben."

Lisa versuchte einen Lachanfall zu unterdrücken, Marta tat ihr leid, sie, die immer so perfekt ist, alles

perfekt regeln möchte und dann eine solche Katastrophe. Aber die ganze Situation war so skurril das es einfach nur lustig klang.

„Ich sah also verehrend aus und unter Tränen sah ich in das entsetzte Gesicht von Lukas. Gleich dreht er sich um und rennt davon, schoss es mir durch den Kopf."

Jetzt blickt sie Lisa direkt an und ihr Mund verzieht sich zu einem Lächeln.

„Du darfst ruhig lachen, ich kann dir ansehen, dass es dir schwer fällt höflich zu bleiben."

Bevor Marta weiterspricht, brechen beide Frauen in ein lautes Lachen aus.

„Er ist aber nicht weggerannt," berichtet Lisa als sie wieder zu Atem kommt," er hat mich in die Arme

genommen und ich habe ihm mit meiner Wange etwas von der Tomatensoße in sein Gesicht geschmiert. du siehst umwerfend aus hat Lukas nur gesagt bevor wir beide vor Lachen kaum noch geradestehen

konnten. Ich habe ihn in die Wohnung gezogen und……"

Marta wird rot, wie die Tomatensoße die sie bei diesem Ereignis im Gesicht hatte.

„Wir haben es noch geschafft die Tür zum Hausflur zu schließen und sind dann erst lachend und daran anschießend voller Lust im Flur auf dem Boden liegen geblieben. Das heißt… wir sind quasi über einander hergefallen. Ich hatte mein Kleid schneller aus als ich es anhatte und Lukas kam kaum aus seinen Hosen."

Lisa ist sich bewusst das Marta in dieser Ausführlichkeit mit niemanden sonst über ihre sexuellen

Erlebnisse sprechen würde.

„Nur so viel…" unterbrach Marta sich selbst, „es war der aufregendste und leidenschaftlichste Sex den ich je hatte."

„Das war das erste aber hoffentlich nicht letzte Erlebnis dieser Art. Du musst ja dafür nicht gleich die Wohnung und deine Kleidung ruinieren." Lisa hebt Ihr Glas und zwinkert Marta zu.

„Auf die nicht immer vollkommenste, zauberhafteste Nachbarin die ich je hatte." Sie kichern gemeinsam um die Wette und genießen einmal mehr ihr zusammen sein.

„Und noch etwas" setzt Marta an, „wir sprechen ernsthaft über eine gemeinsame Zukunft. Ich habe einmal darüber nachgedacht wie aufregend es wäre ein kleines Restaurant mit angegliederter Bücherstube zu

eröffnen. Nichts Großes, nur eine Handvoll Tische, täglich eine handgeschriebene Speisekarte mit drei oder vier Gerichten. Ausgewählte Literatur in den Regalen die bis unter die Decke reichen und eine kleine

gemütliche Ecke vor einem Kamin in der sich der Gast mit einem Drink und einem Buch zurückziehen kann. Es war nur eine Überlegung. Im Grunde bin ich eh zu feige so etwas anzugreifen. Aber Lukas fand das super. Er sagt er möchte mir helfen es in die Tat umzusetzen. Er will mich unterstützen,

auch finanziell. Wir zusammen. Was meinst du Lisa?"

„Ich meine das klingt großartig. Ein Mann an Deiner Seite, der Dir hilft deine Träume zu verwirklichen. Wie viele können das von sich behaupten."

„Hat Kurt dich nicht unterstützt?" Kurt, denkt Lisa. Dieser großartige Mann, dieser Denker, der Freund an ihrer Seite.

„Wir haben seine Träume verwirklicht, das war genug. Meine Träume hatten nicht so viel Platz in unserem Leben. Meistens war das auch ok für mich. Ich durfte Teil seiner Visionen sein. Er hat die moderne Welt der Psychologie verändert und ich war nur ein kleines Licht. Ich habe mich gesonnt in seinem Erfolg.

„Aber das stimmt doch nicht Lisa. Du hast mir erzählt von deinen Vorträgen und deinen Ideen. Was war das mit dem Jacobs Weg?"

„Meist hat er mich ausgelacht. Liebevoll natürlich. Aber er hat es mir nicht zugetraut. Vielleicht hatte er auch Angst eine so lange Zeit ohne mich auskommen zu müssen. Ich habe es aber dennoch getan. Und Kurt, er hat mich gelassen. Er hat mir nie etwas verboten, nur an Unterstützung hat es etwas gehapert." Lisa schließt kurz die Augen und erinnert sich an die Diskussionen. Sowohl die mit Kurt als auch mit Tom, die unterschiedlicher nicht hätten sein können.

„Als ich losgelaufen bin, mit meinem Rucksack auf den Schultern, hat Kurt mich in den Arm geschlossen. Mutig bist du wirklich, hat er gesagt, aber sei nicht dumm. Wenn es nicht geht, komm zurück.

Er hat es mir nicht zugetraut. Gegönnt hat er es mir, er meinte es stets gut, passte auf mich auf, aber

Zutrauen zu meinen Ideen hatte er nicht. Tom hingegen hat mich ermutigt. Er hat gesagt ich wäre die stärkste Frau die er kennt."

Später, als sie die erste Flasche Wein bereits leer getrunken haben und Lisa die zweite Flasche öffnet, fragt Marta ganz ohne Vorankündigung, „du hast so lange nicht mehr über Tom gesprochen. Warum ist er nicht mehr bei Dir?" Lisa wird augenblicklich Ernst. Sie weiß, es ist an der Zeit Marta auch den Rest der

Geschichte zu erzählen und es scheint ihr, als wäre sie endlich bereit dazu.

„Ich wollte mein Buch schreiben, hatte viele Ideen und No-
tizen. Beides war völlig ungeordnet und
schwirrte durch meinen Kopf. Ich musste es schaffen Zeit zu
finden um Ordnung zu machen in meinen Gedanken und
Aufzeichnungen. Kurt war mir wieder einmal keine große
Hilfe. Liebling, sagte er, ich
habe so viele Bücher geschrieben, das reicht für uns beide.
Das sind auch deine Bücher, du hast mir
geholfen und mir den Rücken freigehalten. Du brauchst
kein eigenes Buch. Aber es war wie immer.
Letztlich stimmte er zu und ließ mich machen."

Es begann so schön!

„Ich habe zwei Monate Zeit. Es steht nichts anderes auf meiner to do Liste als an diesem Buch zu arbeiten. Ich werde glücklich schreiben, nichts hören und nichts sehen was mich ablenkt."

„Und wo willst du dieses Wunder vollbringen," fragt Tom auf der anderen Seite der Leitung. Sie haben sich
angewöhnt öfter zu telefonieren um mehr am Leben des anderen teilzunehmen, auch wenn sie sich nicht treffen
konnten.

„Auf Mallorca!" antwortet Lisa euphorisch. „Ich war einmal dort in dieser Gegend und es gibt nichts Besseres für meine Vorhaben. Cala Figuera heißt der kleine, vom Tourismus verschonte Ort. Ein kleiner Hafen, so schön wie kein Maler ihn in seiner Phantasie malen könnte." Lisa kommt ins Schwärmen. „Ich habe ein kleines ein Zimmer
Appartement gemietet. Ein großer Raum, ein Bett zum Fenster ausgerichtet, ein kleines Bad und eine Küchenzeile.
Es liegt ganz unten am Wasser mit dem Blick auf die gegenüber liegenden Häuser. Von der kleinen Terrasse aus kann ich ins Wasser springen um mich abzukühlen. Ich liebe es schon jetzt."

„Und dein Mann lässt dich ziehen. Allein ins Paradies?"

„Ja, es passt perfekt, er geht auf eine Vortragsreise durch den Osten der USA. Er hat eine neue Assistentin die ihn begleitet, so dass ich diesmal nicht das Mädchen für alles sein muss."

Er weiß wie sehr sie es hasst ihrem Mann den Kleinkram aus dem Weg zu räumen, auch wenn sie zu ihm aufblickt und die Zeit an seiner Seite genießt.

„Ich werde dir nachreisen und aufpassen das du auch wirklich arbeitest."

„Das wirst du nicht Tom Schuch, das wirst du nicht!" In diesem Moment wusste Lisa, dass sie sich nichts mehr wünschte als das.

Zwei Monate später war es dann soweit. Mitte Mai, was für eine großartige Jahreszeit für den Süden. Lisa hat ein kleines Auto am Flugplatz gemietet und ihr Navi eingestellt. Es ist das erste Mal, dass sie für so lange Zeit allein ein Vorhaben umsetzt und von Kurt getrennt ist.

Er ist am Abend vor ihrer Abreise ins Flugzeug nach New York gestiegen. „Ich wünschte du würdest mitkommen und lässt das mit diesem Egomanem Projekt. Du gehörst an meine Seite." Diese unbedachte Aussage hat sie wieder einmal mehr darin bestärkt *dieses Buch zu schreiben. Ihre Forschung zu Papier zu bringen und einmal, nur einmal etwas für sich selbst zu tun. Beruhigend hat sie Kurt ihre Hand auf den Arm gelegt. Du wirst mir fehlen, hat sie beteuert. Und das war nicht gelogen. Ohne Kurt, so lange Zeit? Sie hat ein wenig Angst sich*

verloren zu fühlen. Bei Ihrer letzten Umarmung hat er ihr zuge-flüstert. „Komm nach, wenn du dich einsam fühlst."

Ihr ist etwas mulmig zumute als sie den Wagen aus dem Flugha-fengelände steuert. Ein kleines rotes Auto mit einem omplett zu öffnenden Verdeck. Sie hat das Radio aufgedreht und langsam legt sich ihre Unruhe und ein selten

empfundenes Gefühl von Freiheit breitet sich in ihr aus. Ein Ge-fühl das sie nur kennt, wenn Tom in ihrer Nähe ist. Kurz bevor das Navigationsgerät die Ankunft anzeigt, geht eine Abzweigung in einen kleinen sehr unwegsamen Weg über. Lisa versucht die vielen Schlaglöcher zu umfahren und dennoch setzt das Auto, das eine oder andere Mal auf. Lisa fürchtet sich verfahren zu haben und sucht bereits nach einer Möglichkeit zum Wenden, als sie das kleine

Häuschen entdeckt und einen PKW mit der Aufschrift des Mak-lers, davor.

Lisa steigt aus und geht die wenigen Stufen zum Eingang hinunter.

Hier bleibt sie stehen und es stockt ihr der Atem.

Der Blick in die Bucht ist so wunderschön. Sie befindet sich fast auf Wasserhöhe und sieht auf der einen Seite in die Bucht mit ihren aufsteigenden Felsen und den Häusern die wie Nester an den Wänden kleben. Auf der anderen Seite befindet sich die Hafenausfahrt hin zum offenen Meer.

Direkt vor ihr öffnet sich die Bucht hinüber zum kleinen Fischereihafen. Die Maklerin spricht deutsch und empfängt Lisa freundlich. Wir haben ein Sonnensegel über die Terrasse gespannt, so haben sie ein schönes schattiges Plätzchen und sie sind von fremden Blicken völlig geschützt. Das Appartement ist einfach aber liebevoll eingerichtet. Der Boden mit typischen spanischen Fliesen ausgelegt. Kleine Mosaike in hellem blau und verschiedenen grau und beige tönen.

Kaum eine Fliese gleicht der anderen und das ganze vermittelt eine warme Atmosphäre. Der Raum wird dominiert von einem großen Bett das mit einer weißen Wolldecke überzogen ist. Die Farbe der kleinen Küchenzeile ähnelt dem blau in den Fliesen und ein runder Esstisch mit zwei weißen Stühlen komplettiert den

146

Raum. Alles ist blitz blank geputzt und erscheint neu eingerichtet.
Auch das Bad hat dieselben Fliesen und eine ebenerdige Dusche.
Hier gehe ich nie mehr weg, denkt Lisa und reicht der Maklerin
die Hand. Sie lächelt Lisa freundlich an und
verspricht ihr zu helfen, falls Lisa irgendetwas benötigt. Sobald die
Frau gegangen ist, zieht Lisa sich aus und springt ins Wasser.
Was für einen großartigen Pool ich habe, denkt Lisa, bevor sie sich
im Wasser treiben lässt.

Die ersten drei Wochen vergehen viel zu schnell. Lisa schafft es
zwar ihre Gedanken zu ordnen, ihre Unterlagen in Reih und Glied
zu bringen und ein erstes Konzept zu entwerfen, geschrieben hat
sie allerdings noch kein Wort.
Kurt meldet sich jeden Tag und berichtet über seine Erfolge. Er
fragt auch nach Lisas Fortschritte, aber der Glaube an ihren Erfolg
scheint ihm zu fehlen. Ich bin im Paradies Kurt. Das hier gibt mir
alle Kraft die ich brauche um meine Ziele zu erreichen. Dann
mach weiter Kindchen, antwortet Kurt und damit ist das Ge-
spräch beendet.

„Wann lässt du mich in deine Welt eintauchen?" fragt Tom wie-
derholt am Telefon.

147

„Ich muss erst etwas vorankommen, Tom." Und dann berichtet sie ihm wie sie weiter vorgehen will und welche

Thesen sie aufstellen will um die einzelnen Kapitel spannend zu gestalten. Er hört ihr zu und gibt Tipps und

Hinweise die Lisa voranbringen.

„Du schaffst das, wenn irgendjemand das schafft, dann du. Fang an zu schreiben, du wirst sehen es läuft."

Und Lisa fängt an zu schreiben.

Mittwochs geht sie zum Markt und versorgt sich mit frischen regionalen Lebensmitteln. Ansonsten lebt sie wie ein Einsiedler. Die Sonne gibt ihr Energie und wenn sie von ihrem Traumarbeitsplatz auf der Terrasse den Blick

schweifen lässt, öffnet sich ihr Herz.

„Da du mich ja offensichtlich nicht einlädst, warte ich nun nicht mehr darauf. Ich habe einen Flug gebucht und werde am Mittwoch um 13.20 Uhr am Flughafen ankommen. Holst du mich ab?"

Lisa ist sprachlos als Tom ihr diese unvermittelte Ankündigung macht.

„Wie lange bleibst du." Fragt sie als erstes

„Hey Lisa, was ist los, ich dachte du freust dich. Eine Woche, nur du und ich. Nach 16 Jahren haben wir uns doch ein bisschen mehr Zeit verdient als diese paar gestohlenen Stunden."

„Natürlich freue ich mich. Ja ich will dir das hier alles zeigen, es ist so schön und ich will das mit dir teilen."

„Warum nicht gleich so Frau Kollegin." Wie so oft vor ihren Treffen ist Lisa hin und her gerissen. Wieder ein Jahr nicht gesehen, wieder ein Jahr älter und mindestens drei Kilo schwerer. Natürlich drei Kilo an den falschen Stellen. Und ja, die von Lisa so geliebte Sonne, kein gedämpftes Kerzenlicht. Lisa pur, eine Woche lang. Am liebsten wäre sie ihm entgegengerannt, sie war aufgeregt wie ein Kind vor Weihnachten. Da ist er, er geht durch die Absperrung direkt auf sie zu und lächelt sie an. Die kleine Sporttasche ist sein einziges Gepäck? Typisch für ihn. Er hat dort bestimmt mehr Kleidung ordentlich zusammengelegt als es Lisa in einem großen Koffer gelungen wäre.

So jung sieht er aus, so unbeschwert und voller Vorfreude.

„Hey, warten Sie auf einen Mann der Ihre geheimsten Wünsche erfüllt?"

Lisa lässt es sich nicht nehmen ihn zu umarmen.

„Ich warte schon wieder viel zu lange!" flüstert sie ihm ins Ohr.

„Ich war noch nie auf Mallorca." Gesteht Tom auf dem Weg zu ihrem Domizil. „Es ist schön," fährt er leise fort um dann wieder wortlos das Neue aufzunehmen. Lisa legt ihm die Hand aufs Knie und steuert den Wagen routiniert in

Richtung Cala Figuera. Erst als sie von der Straße in den Holperweg einbiegen, ist er wieder mit seinen Gedanken in der Gegenwart.

„Willst du mich entführen und als Sexsklaven halten bis ich alt und grau bin?" Fragt er und hält sich dabei am Griff über der Tür fest. Sein Kopf stößt das eine oder andere Mal an das Autodach und so hat er den Kopf eingezogen. Es sieht komisch aus und Lisa lacht laut auf.

„Glaubst du ernsthaft ich will einen alten und grauen Sexsklaven? Und dich, habe ich ja schon."

„Mal im Ernst Lisa, ich will ja nicht an deinen Fahrkünsten zweifeln, aber musst du wirklich jedes Schlagloch

mitnehmen? Beim nächsten Mal fahre ich!" Das war keine Frage, das war eine Ansage. Lisa hat sich ohnehin

gewundert, dass er nichts einzuwenden hatte auf dem Weg vom Flugplatz. Er ist ein schrecklich schlechter Beifahrer. In seiner Freizeit fährt er Autorallys mit von ihm getunten Fahrzeugen. Er hat Benzin im Blut und seine Augen

150

leuchten, wenn er davon spricht. Manchmal schickt er Lisa ein Foto von einem neuen, alten Auto, was er zu einem Schmuckstück macht. Oder ein Selfie wie er kurz vor einem Rennen am Steuer sitzt.

„Schon gut mein Brauner,“ beruhigt Lisa ihn, wir haben es gleich geschafft und für diese Woche gehört der Kleine rote Dir.“

Tom stand sprichwörtlich der Mund offen, als er die Aussicht und das kleine Appartement sah.

„Das ist ein Traum.“ Er legt Lisa den Arm um die Schultern und zieht sie an sich.

„Das hier, wird unsere Woche!“

„Und ich,“ antwortet Lisa „kann dich eine ganze Woche lang lieben. Mit jeder Faser meines Körpers und meines Herzens.“

Sämtliche Bedenken und negative Überlegungen waren aus ihrem Kopf verschwunden. Sie schlingt die Arme um seinen Hals und schmiegt ihren Körper an ihn. Diesen Körper, der sich oft so alt und verbraucht anfühlt und der jetzt, jung, gesund und hungrig ist. Ohne weitere Worte werden sie eins, ihre Lippen werden eins, ihre Zungen die miteinander spielen um eins zu werden und ihre Körper, die heiß voll Leidenschaft zu einem werden um all ihre aufgestaute Sehnsucht zu stillen.

Diese Tage…, sie sind so gefüllt mit Leben und Liebe. Nicht nur die Sonne gibt ihnen die Kraft und das Licht was sie antreibt, weiter machen lässt an Tagen die weniger sonnig sind. Es existiert keine Zeit in diesen Tagen.

Manchmal diskutieren sie eine ganze Nacht und stecken ihre Köpfe in die Aufzeichnungen die Lisa inzwischen

gesammelt hat, um anschließend in einen nicht enden wollenden Liebesakt zu verschmelzen. Lisa weiß gar nicht wann sie zuletzt so viel Energie in sich spürte. Manchmal wenn Tom erschöpft einschläft bringt sie ihre Ideen zu Papier und findet zu einer lang vermissten Schaffenskraft zurück. An manchen Tagen bleiben sie einfach im Bett liegen.

Sehen aufs Wasser hinaus. Reden, lachen und lieben, ist alles was sie an diesen Tagen brauchen.

„Lass uns das kleine Boot nehmen um auf die gegenüberliegende Hafenseite zu tuckern,"

schlägt Tom vor. „Langsam habe ich genug von Dir und muss mal wieder unter Menschen."

„Ich dachte du fragst nie," kontert Lisa, „ich langweile mich mit Dir noch zu Tode!"

Schnell schließt Lisa die Tür zum Bad bevor er sie einholt um sie zurück zu ziehen.

Mallorca ist besonders, an diesen lauen Abenden. Die Sonne versinkt im Meer und die Menschen kommen zurück von den Stränden und aus ihren Häusern. Lisa und Tom spazieren Hand in Hand durch das kleine Hafenstädtchen. Die Luft ist erfüllt von Sonnencreme und köstlichem Essen was auf den Terrassen der Restaurants serviert wird. Lisa bleibt stehen und sieht in die kleine Boutique, die sie schon vor Toms Ankunft entdeckt hat.

„Das würde Dir stehen, das gelbe da, das mit den Blumen."

„Ach Tom, das ist nichts für mich. Umso ein Kleid zu tragen muss man einige Jahre jünger sein als ich."

Lisa, die normalerweise nur Businesskleidung trägt ist es kaum vorstellbar in einem derart auffälligen Kleid durch die Gegend zu gehen. Ehe Lisa sich versieht zieht Tom sie in den Laden. Er versucht in einfachen spanischen Worten der Verkäuferin zu erklären, dass Lisa dieses Kleid anprobieren möchte. Wie so oft auf der Insel, ist das deutsch der

Einheimischen besser als das Spanisch der Touristen.

Lisa gibt nach. „Na gut, ich probiere es an und du wirst sehen, dass es kein Kleid für mich ist."

Als sie sich wenig später im Spiegel betrachtet ist sie sprachlos. Ja, vielleicht ist sie zu alt und zu kräftig für dieses Kleid, aber sie liebt sich darin. Es ist wie Liebe auf den

ersten Blick. Da sieht ihr die Lisa entgegen, die sie schon immer

sein wollte. Flippig, lustig, frei. All das macht dieses eine Kleid

aus ihr. Sie tritt aus der Kabine und sein lächeln verstärkt sich.

„Das können wir hier auf keinen Fall hängen lassen." Sagt er nur

und an die Verkäuferin

gerichtet, „wir lassen es gleich an. Wenn sie die anderen Sachen

bitte einpacken."

„Jetzt brauchen wir noch einen besonderen Ort an dem ich mich

mit meiner Freundin zeigen kann."

„Du bist verrückt Tom. Das war ein sündhaft teures Kleid."

„Ja, und es war das erste und vielleicht einzige Geschenk was du

von mir bekommst." Er lacht sie fröhlich an. Noch nie hat sie Tom

in einer derartigen Stimmung erlebt. Er ist glücklich, dass steht

außer Frage, seine sonst stete

Reserviertheit ist verschwunden und er wirkt wie ein los gelasse-

nes Kind. Sie finden ein Restaurant das wie ein Nest auf den

Klippen thront. Pura Vida, das pure Leben und genau so fühlt es

sich an hier zu sitzen. Sie haben Glück und einen Tisch in der

ersten Reihe am Meer erhascht.

„Du solltest öfter gelb tragen," bemerkt Tom ohne auf eine Ant-

wort zu warten.

Das Essen ist eine Offenbarung, der Blick aufs Meer und der ausgezeichnete Rotwein machen diesen Abend zu etwas ganz Besonderem. Tom blickt in die Nacht und zieht die Luft ein, das Lisa spüren kann wie sehr er den Moment genießt.

Und sie selbst? Es ist verrückt aber auch Lisa spürt das pure Leben, so wie der Name des Restaurants, wie selten in ihrem Leben zuvor.

„Ich bin glücklich, Tom." Und Tom tut etwas für sie Unfassbares. Er greift nach ihrer Hand und führt sie an seinen Mund.
„Das hier, ist unser Augenblick."

Lisa wird früh wach. Sie sieht auf Tom. Sie kann es noch immer nicht fassen, was für eine tiefe Verbindung zwischen ihnen entstanden ist. Er wollte nur eine Woche bleiben und hat dann kurzer Hand seinen Aufenthalt verlängert. Was auch immer er seiner Frau als Grund dafür genannt hat. Darüber sprechen sie nicht. Jeden Tag gegen 18 Uhr telefonieren sie mit ihren Partnern. In New York ist es dann Mittag und Kurt hat Zeit für ein kurzes Gespräch. Er ist erfolgreich dort und berichtet Lisa ausführlich darüber. Tom geht ein paar Schritte vor das Haus und Lisa bekommt nichts von den Gesprächen mit.

Das ist ihr wahres Leben, das sind die Menschen für die sie sich entschieden haben, die Menschen die sie lieben nicht nur wenn sie bei ihnen sind und mit denen sie den Alltag verbringen.

Lisa betritt die Terrasse als die Sonne gerade den Horizont überschreitet. Sie lächelt als sie daran denkt, wie selten sie in ihrem Leben einen Sonnenaufgang beobachtet hat.

Sie ist alles andere als ein früher Vogel und Frühes Aufstehen gehörte noch nie zu ihren Lieblingsaktivitäten. Hier allerdings ist irgendwie alles anders. Hier verschwimmen Zeit und Raum, Tag und Nacht. Noch nie war Lisa soweit von der Realität entfernt wie in diesen Tagen an diesem Ort.

„Wir haben noch drei Tage." Befindet Lisa als Tom sie von hinten umfasst.

„Ja, und was machen wir mit dieser Erkenntnis? Mehr Sex, mehr Sonne, mehr Mallorca?"

„Mhhh," Lisa macht ein nachdenkliches Gesicht. „Unbedingt mehr Sex!"

Tom lässt sich rückwärts auf das Bett fallen.

„Ich bin ja auch nicht mehr der Jüngste, einfach zu alt für dich, du Sexmonster!"

Lisa lässt sich ebenfalls aufs Bett fallen und vergräbt ihre Hände in seine Locken.

„Dann muss ich mir wohl einen jüngeren suchen."

„Wage es nicht!" Tom nimmt Lisas Gesicht in seine Hände und wiederholt noch einmal, ganz langsam betont er jedes Wort. „Wage es nicht."

Sie sehen sich tief in die Augen und sein Mund nähert sich dem ihren. Er atmet tief ein um ihren Duft in sich aufzunehmen. „Komm zu mir," flüstert sie an sein Ohr, „ich will dich in mich aufnehmen und nie mehr loslassen!"

Als Lisa wieder im hier und jetzt ankommt fällt ihr Blick auf die Uhr. Es ist erst mittags.

„Also Sex kann jetzt warten bis zum Abend, Sonne ist da, wie wäre es mit etwas mehr Mallorca?"

„Was immer Sie wollen," antwortet Tom und wie immer bedarf es weniger Worte.

„Ich würde gern mal in die Berge. Das Tramuntana Gebirge soll wunderschön sein. Lass uns einen Ausflug machen und uns die Schönheiten dieser Insel nicht entgehen."

„Zieh das gelbe Kleid an, dann strahlst du mit der Sonne um die Wette."

Während Tom den Wagen aus dem

Holperweg lenkt, stellt Lisa das Navi ein und sucht nach einem

Rundweg, auf dem sie die schönsten Highlights der Insel sehen

können.

„Ich habe einen großartigen Plan gemacht und am Ende landen

wir in Palma und können am Abend dort etwas Essen gehen,

bevor wir zurückkommen."

„Großartig" antwortet Tom, „ich bin ganz in deiner Hand und

folge dir bis ans Ende der Welt."

„Bis nach Palma würde mir reichen," antwortet Lisa.

Marta bemerkt das Lisa etwas kurzatmig wird bei ihren Erzählungen. Lisa meine Liebe. Ist alles gut oder möchtest du für heute Schluss machen mit unserem Mädels Abend?" „Nein Marta, ich will dir heute deine Frage beantworten." „Welche von den vielen meinst du?" lacht Marta sie an.

Warum hat es aufgehört?

Sie fuhren quer über die Insel. Vorbei an kleinen hübschen Orten. Durchquerten flaches Bauernland und hielten an wo ihnen danach war. Sie genossen den Tag ohne viele Worte.

Wie schön und unbeschwert kann das Leben sein, dachte Lisa und sah Tom an. Der Weg war das Ziel. Wenn es hier schon so schön ist, wie muss dann erst das Gebirge sein.

„Wir fahren bis nach Formentor. Ich habe Bilder gesehen und für mich muss es das schönste Ende der Welt sein." Tom nickt und sieht sie lächelnd an.

Es kam aus heiterem Himmel. Ein knacken, so laut wie Lisa es noch nie gehört hat. Erschrocken sieht sie Tom an, der hochkonzentriert versucht den Wagen wieder in seine Gewalt zu bringen. Aber es gelingt ihm nicht. Sie will nach ihm rufen, ihm helfen, etwas sagen, aber sie sitzt nur stumm da und versucht ihren Kopf fest zu halten,

der unaufhörlich von rechts nach links schleudert, getrieben durch die Bewegungen des Autos. Sie bewegen sich in Richtung des Abgrunds vor Ihnen und kurz vorher kann Tom den Wagen her-

umreißen. Es ist eine unglaubliche Wucht die Lisa spürt als das Auto sich auf die Seite dreht, auf das Dach und die andere Seite. Wir rollen wie ein Spielzeugauto denkt Lisa noch. Trotz aller Bemühungen schiebt sich das Fahrzeug seitlich auf den Abhang zu, bevor es den Abgrund hinab gleitet. Dann wird es dunkel um Lisa. Tiefe Nacht. Sie hört sich schreien und hat dennoch das Gefühl es sind nicht ihre Schreie. Was ist das? Bin ich tot? Warum höre ich mich selbst, so als wäre ich weit fort. Sie sieht auf den Fahrersitz. Tom, Tom. Tom war verschwunden. Dann versinken auch die Schreie und die Gedanken in eine tiefe unendliche Dunkelheit.

Marta ist von ihrem Hocker gerutscht und hält Lisas Hände in ihren. Lisa sitzt bewegungslos vor ihr.

Keine Regung, auch nicht in ihrem fahlen, fast weißen Gesicht.

Die Augen scheinen in einem weit entfernten Leben.

„Oh Gott, Lisa, was ist passiert. Wie geht es dir? Sag doch etwas. Bitte."

Marta reibt an Lisas Händen und hofft ihr damit wieder etwas Leben einzuhauchen. Plötzlich kehrt das Leben in sie zurück. „Er war einfach weg, Marta," fährt sie mit ihren Erzählungen fort.

Wo bist du Tom?

Das erste an was Lisa sich dann wieder erinnern kann ist das hübsche Gesicht einer jungen Frau. Sie hat eine gesunde braune Gesichtsfarbe und Augen die schimmern wie Bernstein. Das Haar hat sie zurückgekämmt und auf ihrem Kopf trägt sie eine weiße Haube. Irgendwie bewegen sie sich. Lisa und diese junge Frau. Das ist eigenartig denkt Lisa.

Was ist hier los?

„Was machen wir hier?" fragt Lisa und die junge Frau lächelt sie freundlich an. Was für ebenmäßige weiße Zähne denkt Lisa. „Un momencito Seniora."

Klingt ihre Stimme an Lisas Ohr ohne, dass sie den Sinn begreift. Die junge Krankenschwester schiebt das Bett auf dem Lisa fest eingepackt ist in ein abgedunkeltes Zimmer. Lisa schimmert es langsam. Ein Krankenhaus und mit

diesem Gedanken kommen auch ihre Erinnerungen zurück.

„Wo ist Tom? Verstehen Sie was ich frage?" Lisa versucht sich aufzusetzen und ihre Stimme wird lauter.

„Wo ist Tom? Mi maredo! Wo ist mein Mann?" Schreit sie nun lauter als es ihr eigentlich möglich ist mit diesem Ding da um ihrem Hals. Jetzt schießen ihr die Tränen über das Gesicht.

„Hilfe, wo bin ich? Was ist passiert? Helfen Sie mir doch." Inzwischen ist eine weitere Frau mit weißer Haube ins Zimmer geeilt und beide Frauen versuchen Lisa am Bett festzuhalten. Sie reden in beruhigenden Worten auf Lisa ein. Ein Mann in einem weißen Kittel tritt vor ihr Bett. Groß, dunkles Haar und etwas zu groß geratene Ohren. Sie wundert sich einen Augenblick selbst darüber, dass ihr solche Kleinigkeiten auffallen. Wieder setzt sie an, um sich zu schlagen und zu schreien, als endlich deutsche Worte an ihr Ohr dringen.

„Ich bin ihr Arzt." Verkündigt der Mann mit den großen Ohren. Er spricht einen harten Akzent aber sie kann ihn gut verstehen.

„Sie sind im Krankenhaus Son Espaces in Palma. Können Sie mich verstehen?"

Lisa fühlt sich plötzlich erschöpft und nickt nur.

„Sie hatten einen Autounfall, einen schweren Unfall," betont er ernst. „Aber sie hatten Glück. Ein paar Prellungen, zwei Rippen-brüche, das Knie macht uns Sorgen und eine Gehirnerschütte-rung. Nichts Ernstes. Ein bisschen Geduld und in ein paar Wo-chen sind sie wie neu." Er versucht es mit einem Lächeln, aber das

164

gelingt ihm nicht wirklich. „Tom" bringt Lisa heraus, „wo ist Tom?"

„Kannten sie sich gut?" fragt der Doktor. Wieso kannten schießt es Lisa durch den Kopf.

„Er ist mein …. Freund, mein Mann," presst sie heraus und in ihrem Körper breitet sich Angst aus. Eine Angst, die sie nie vorher gespürt hat. Panik, Todesangst. Lisa zittert am ganzen Körper ohne es zu bemerken.

„Ich will zu ihm, ich liebe ihn, wenn er bei mir ist. Ich muss zu ihm. Er muss wissen das ich hier bin."

Lisa redet wirr durcheinander und greift nach dem Arm des Arztes.

„Verstehen Sie mich."

Sie bemerkt nicht das Kopfnicken des Arztes, der stille Austausch mit der Krankenschwester, die nur Sekunden später mit einer Spritze an Lisa herantritt.

„Sie brauchen jetzt Ruhe und dürfen sich nicht so viel bewegen. Ihre Verletzungen erfordern das."

Die Spritze wirkt schnell doch Lisa schläft nicht ein, so wie das bei der Dosis normal wäre. Sie wird ruhiger und greift wieder nach dem Arm des Arztes.

„Bitte Herr Doktor, sagen Sie mir was mit ihm passiert ist und
wann ich ihn sehen kann."

Der Arzt gibt auf und zieht sich einen Stuhl an Lisas Bett.

„Sie müssen stark sein. Was ich Ihnen jetzt zu sagen habe wird sie
tief treffen." Lisa ist völlig bewegungslos in ihre Kissen gesunken.
Ihre Augen starr auf den Arzt gerichtet.

„Ihr Begleiter ist seinen schweren Verletzungen erlegen. Wir
beatmen ihn noch, bis seine Familie sich verabschiedet hat. Es gibt
keinerlei Gehirnaktivitäten mehr. Es besteht keinerlei Hoffnung
darauf, dass er zurückkommt."

„Bringen sie mich zu ihm." Ist das Einzige was Lisa hervor
bringt. Der Arzt gibt nach und bedeutet der Krankenschwester sie
solle einen Rollstuhl bringen. Gemeinsam setzen sie Lisa hinein.

„Sie muss unerträgliche Schmerzen haben." Flüstert die Schwester dem Arzt zu.

„Die größten Schmerzen stammen nicht von den Verletzungen,"
erwidert er ebenso leise. Lisa hätte es sowieso nicht wahrgenommen. So wie sie nichts wahrnimmt als die Leere in ihr, die Worte
des Arztes klingen in ihr nach, ohne dass sie sie an sich heran-
kommen lässt.

Das Zimmer ist verdunkelt und in der Mitte des Raums steht nur ein Bett. Das Bett in dem Tom bewegungslos auf dem Rücken liegt. Die Maschinen die ihn mit Sauerstoff versorgen, lassen seine Brust im Gleichklang auf und ab

bewegen. Der Rollstuhl wird dicht an sein Bett geschoben, so das Lisa seine Hand ergreifen kann. Sie ist so kalt.

„Bringen sie eine Decke, er friert, wir müssen ihn wärmen und öffnen sie doch die Vorhänge um Licht herein zu

lassen. Er liebt das Licht und die Sonne."

Der Arzt tritt hinter Lisa und legt ihr beruhigend die Hand auf die Schulter.

„Dort wo er jetzt ist, ist es warm und voller Sonnenstrahlen." Er weiß das Lisa verstanden hat und gibt ihr die Zeit, die sie braucht. Jetzt hier an seiner Seite entspannt sie sich etwas und lässt die Wirkung der Beruhigungsspritze zu. Ihr Körper sinkt nach vorn, ihr Kopf liegt auf seiner Hand, die sie mit beiden Händen hält. Ihr Atem wird ruhiger und sie versinkt in eine Art Dämmerzustand.

„Lassen sie sie hier. Das Erwachen wird noch schlimm genug." Gibt der Arzt der Schwester zu verstehen.

Lisa spürt nichts als Toms Nähe. Manchmal wird sie wach und redet auf ihn ein.

„Weißt du noch Tom, wie wir uns das erste Mal begegnet sind. 16 Jahre Tom, ist das nicht unfassbar. Du bist mein Jungbrunnen, mit Dir bin ich komplett und ohne Zwänge."

Ganz unvermittelt fällt sie wieder in einen Schlaf der ihr hilft die Realität zu verdrängen. Die Pflegekräfte und Ärzte lassen sie gewähren, sie sind gerührt von dem was sich vor ihnen abspielt und sie wissen bereits das diese letzte

Zweisamkeit nur noch von kurzer Dauer sein wird.

Es ist wie ein Schlag in die Magengrube. Plötzlich, ohne Ankündigung und voller Wucht.

„Schafft diese Frau hier raus. Sofort! Raus mit ihr!"

Es klingt nicht hysterisch oder schrill, es ist eine tiefe, klare Stimme die diese Worte in den Raum ruft. Laut aber nicht wie ein Gebrüll. Es ist eine Anweisung der sich niemand entziehen kann. Lisa weiß sofort wer da hinter hier diese endgültigen, unumkehrbaren Worte spricht. Sie kann sich nicht umdrehen in ihrem Rollstuhl. Das Korsett an ihrem Körper, dass sie schützen soll um ihre Knochen zu heilen und die Halskrause um ihren Hals, geben ihr nicht den kleinsten Spielraum sich umzudrehen. Sie weiß es trotzdem! Es ist die Frau, die sie noch nie in ihrem Leben gesehen hat, es ist die Frau, die mehr als jeder andere das Recht hat hier an seiner Seite zu sein.

Die Frau, die bisher nie eine Rolle für Lisa gespielt hat. Jetzt steht sie hinter ihr und schlägt Lisa in den Magen, mit nur wenigen Worten.

„Schafft die alte Frau hier raus!"

Es nähert sich jemand von hinten und ergreift den Rollstuhl.

Auch jetzt weiß Lisa nicht wer sie da aus dem Zimmer schiebt. Sie ist unfähig etwas zu sagen und was hätte sie auch sagen sollen. Entschuldigen Sie, dass ich 16 Jahre lang an der Seite ihres Mannes glücklich war. Oh sorry, es war ja nur manchmal. Dafür umso intensiver. Was hätte sie sagen sollen. Sie war froh, dass sie sie auch heute nicht sehen konnte, ihr nicht in die Augen sehen musste.

Der Rollstuhl und der unbekannte hinter ihr, schiebt sie in den Flur um sie dort einfach stehen zu lassen. Lisa ist nicht in der Lage irgendetwas zu spüren. Sie sitzt da, völlig in sich zusammengesunken und harrt der Dinge die da kommen. Irgendwann, eine gefühlte Ewigkeit später kommt die nette Schwester an sie heran. Sie spricht in Spanisch auf Lisa ein. Sie hat eine schöne und beruhigende Stimme, auch wenn Lisa nicht versteht was sie zu sagen hat.

Es ist dunkel geworden in Lisas Wohnzimmer mit den vielen Erinnerungen. Die Kerzen sind heruntergebrannt und Marta sitzt noch immer vor ihr auf dem Hocker und hält Lisas Hände.

„Das war das letzte Mal, dass ich in seine Nähe gekommen bin. Sie haben ihn bewacht und beschützt." „Beschützt" fragt Marta, sie sieht ihre Freundin voller Mitgefühl an, „beschützt vor dir?"

„Nein, ich glaube sie wollten sich verabschieden, ihn nicht mehr allein lassen. Sie haben ihn geliebt. Immer und zu jeder Zeit. Sie hatten alles Recht dieser Welt bei ihm zu sein, so lange es ging. Seine Frau, seine Tochter und sein Bruder. Sie sind gekommen um bei ihm zu sein und gleichzeitig los zu lassen."

„Ich weiß nicht was ich sagen soll." Stößt Marta unter Tränen hervor. Lisa hingegen sitzt ganz ruhig da, gerade so als wäre sie erleichtert.

„Du musst nichts sagen mein Herz, es geht mir gut. Erstaunlich gut. Weißt du, es ist das erste Mal das ich das alles in dieser Ausführlichkeit erzähle. Und so verrückt es klingt, es tut mir gut."

Wir blieben noch ungefähr eine Woche im Krankenhaus, ganz genau weiß ich das nicht mehr."

„Wir?" fragt Marta.

„Ja, wir. Ich wurde nach Hause entlassen und Tom…, sie haben ihn gehen lassen. Ich befand mich in einer Art Delirium. Bekam nur manchmal etwas von meiner Umgebung mit."

Wie kann es weiter gehen?

Kurt kam noch am selben Tag. Lisa hat ihn erst nicht bemerkt. Sie ließ es nun zu sich mit Medikamenten ruhig stellen zu lassen.

„Sie müssen das jetzt nehmen," hat der Doktor gesagt, „wenn sie sich nicht ruhig verhalten und liegen bleiben heilen ihre Verletzungen nicht."

Es war ihr egal, sie würde nie wieder heilen, davon war sie überzeugt. Sie befand sich nun ständig in einem Dämmerzustand. Als sie einmal für kurze Zeit zu sich kam, sah sie Kurt auf dem Sessel gegenüber ihrem Bett sitzen. Nur Schemenhaft im Halbdunkel, aber sie sah ihn und es erfüllte sie mit Wärme.

„Kurt," flüsterte sie, „du bist da!"

„Ich bin immer da!" antwortet er leise und kam zu ihr. Er setzt sich auf den Stuhl an ihrem Bett und nahm ihre Hand. Sie war kalt und fast durchsichtig.

„Du wirst wieder," war sein hilfloser Versuch etwas Positives zu sagen. Lisa nickt leicht und hält seine Hand ganz fest. „Es war ein schrecklicher Unfall. Es lag Glas auf der Straße. Viel Glas, genug *um die Reifen zum Bersten zu bringen." Er wollte ablenken von der Angst um sie, von dem nicht Verstehen der Situation.*

Lisa scheint das nicht zu interessieren.

„Kurt," ihre Stimme klang fremd, „egal was du hörst, ich liebe dich. Ich habe dich immer geliebt und werde das bis zum Ende meines Lebens tun. Du musst das wissen."

„Ich weiß Liebling." Und in diesem Augenblick weiß Lisa das nichts mehr so sein wird wie es war.

Die nächsten Tage sind verschwommen, Kurt ist an jedem dieser Tage bei ihr. Sie reden wenig und wenn, dann lassen sie das Geschehene völlig aus ihren Gesprächen heraus. Sie versuchen so etwas wie Alltag herzustellen.

Die Medikamente werden reduziert und Lisa kehrt langsam wieder in die Wirklichkeit zurück. Die Dämmerzustände haben ihr besser gefallen, denn mit jedem klaren Gedanken der zurückkehrt, kommt auch der Schmerz zurück. Sie macht sich Vorwürfe. Was wäre, wenn sie ihm verboten hätte ihr auf die Insel zu folgen. Was, wenn sie nicht auf

diesen Ausflug gedrängt hätte? Die Gedanken in ihrem Kopf kreisen in einer Endlosschleife. Es ist noch früh als Lisa aufsteht um sich für die Abreise anzukleiden. Kurt wird bald kommen und sie abholen.

Gestern Abend kam der Arzt zu ihr ans Bett, als Kurt bereits gegangen war.

„Die Familie hat sich von ihm verabschiedet und sie haben ihn gehen lassen. Jetzt sind alle weg. Möchten sie noch einmal zu ihm?"

Lisa schüttelt mit dem Kopf. „Nein, es ist nur noch seine Hülle. Nein," bekräftigt sie noch einmal,

„nein, das möchte ich nicht!"

Jetzt steht sie mit dem Rücken zur Tür, gestützt auf zwei Krücken. Der Rollstuhl neben ihr.

Sie blickt aus dem Fenster und hört wie die Tür aufgeht und jemand auf der Türschwelle stehen bleibt.

Er räuspert sich und sucht offensichtlich nach Worten. „Ich bin …"

Lisa unterbricht ihn, „Ich weiß wer sie sind. Ben, Sie sind Toms Bruder."

Es herrscht völlige Ruhe im Zimmer, nur vom Gang hört man beschäftigtes Treiben.

Wagen werden umhergefahren. Medikamenten Ausgabe!

„Es lässt mir keine Ruhe," fährt Ben ungerührt fort. "Was haben Sie hier zusammen gemacht. Wie haben sie sich wieder gefunden? Erst hier oder ist er hierhergekommen um Sie wieder zu sehen? Was hat sie verbunden. Warum nach so vielen Jahren?"

Lisa schwirrt der Kopf. „Was würde es ändern, wenn sie es wüssten?"

„Es ist wichtig für uns alle, wir suchen Antworten. Er hat mir mal von Ihnen erzählt, vor vielen Jahren.

Es ist bestimmt 15 Jahre her, wie hat das wieder angefangen?"

Lisa atmet tief durch und spürt den Schmerz in ihren Rippen weniger als in ihrem Herzen.

„Es hat nie aufgehört, und es waren 16 Jahre." Erst jetzt dreht sie sich zu Ben um und sie erschrickt über die

Ähnlichkeit der Brüder. Ben ist etwas kleiner als Tom und seine Haare sind dunkler, die Ohren liegen an und es fehlen die Grübchen. Aber sonst ist es unverkennbar Toms Bruder.

„Ich verstehe das nicht, warum Sie? Sie sind ja mindestens…"

„20 Jahre älter, ja und ich habe es auch nie verstanden, aber es war so. Wir waren ein Paar, an manchen Tagen."

Ben wollte sie hassen, diese Frau die Schuld am Tod seines

Bruders war, die Frau die sein Andenken beschmutzt, die der
Ehefrau den Glauben an der Treue ihres Mannes gestohlen hat,
der Tochter das Bild von dem Vater der alles für seine Familie war.
Aber er konnte es nicht. Diese Frau die ihm da gegenübersteht
kann er nicht hassen. Sie ist eine bedauernswerte Frau, sie wirkt
alt und gebrochen auf ihn. Lisa geht langsam an den Krücken auf
ihn zu und hält ihm einen Zettel entgegen.

„Bitte, können sie mich informieren wo er seine letzte Ruhestätte
findet."

„Lassen sie uns und unsere Familie in Ruhe. Wir wollen nichts
mit Ihnen zu tun haben."

Lisa war gefasst auf diese Reaktion und dennoch ist sie wie vor
den Kopf geschlagen.

„Ich möchte nur wissen wo ich ihn finden kann, wenn ich bei ihm
sein möchte. Bitte, ich verstehe ihre Abneigung. Tom hat etwas
mit mir verbunden, vielleicht können sie es ihm zuliebe
respektieren, auch wenn sie es nicht verstehen." Ben nimmt den
Zettel entgegen. „Ich weiß nicht," sagt er kurz und wendet sich
ab.

Lisa und Marta sitzen noch eine Weile beieinander ohne etwas zu sagen. Sie halten sich an den Händen und jeder hängt seinen Gedanken nach. Lisa fühlt noch heute ihren Schmerz. Die Schuldgefühle haben sie noch immer nicht wirklich verlassen. Und Marta diese junge Frau, die gerade beginnt sich mit sich selbst auseinander zu setzen. Zu verstehen was es heißt zu lieben, fest zu halten was einem so viel bedeutet und los zu lassen um nicht klammernd zu vergessen das Liebe auch Freiheit ist.

„Wie konntest du das überleben?" fragt sie in die Stille hinein.

„Es ging eben einfach weiter, das Leben. Ich werde Dir darüber berichten und auch darüber wie man

immer wieder Kräfte bündeln kann um weiter zu machen. Aber nicht mehr heute meine Liebe."

Marta kennt das schon, Lisa weiß wann es genug ist und sie akzeptiert es, wenn sie von eben auf jetzt einen Schlussstrich unter ihre Gespräche macht. Inzwischen vertraut sie auf die Institution ihrer Freundin.

Sie weiß wann gut ist. Marta steht auf und umschließt Lisa mit beiden Armen.

„Danke," sagt sie ganz leise und verlässt ohne ein
weiteres Wort die Wohnung.

Lisa denkt noch einmal zurück. Ben hat ihr tatsächlich nach
einer Ewigkeit, die Anschrift des Friedhofs mitgeteilt auf
dem sie Tom finden kann. Sie hat es nie übers Herz gebracht
dort hin zu fahren. Für sie war er nicht dort. Er war tief in
ihrem Herzen vergraben und erst durch Marta lässt sie ihn
wieder heraus.
Sie atmet ganz ruhig und tief und fühlt sich Tom so nahe
wie viele Jahre nicht. Plötzlich ist er wieder da.
„Tom?" sagt sie in die Stille, „bist du da?" und obwohl sie
seine Nähe spürt, so antwortet er ihr nicht.
Noch nicht.

Es geht Lisa gut in diesen Tagen. Sie ist voller Tatendrang.
Jetzt sind es nur noch wenige Wochen bis Weihnachten und
sowohl im Chor als auch im Altenheim stehen die Zeiger
auf Weihnachtsstimmung. Es ist ein großes Weihnachtskonzert in der Kirche geplant und Lisa freut sich darauf vor
einem großen Publikum aufzutreten.

Marta schimpft oft mit ihr. „Du übernimmst dich wieder Lisa. Mach doch mal etwas weniger."

Lisa lächelt gnädig über ihre Aufpasserin.

„Marta Schatz, lass mich machen solange es geht, ich bin doch schon groß." Meist gibt Marta auf, wenn es um Lisas Gesundheit geht. Sie hat schon lange verstanden, dass Lisa ihren eigenen Kopf hat und tut was sie will. Aber sie muss auch zugeben, es sind schöne Tage, diese Vorweihnachtstage.

Lisa hat ihre Wohnung sehr weihnachtlich geschmückt. Überall leuchten Lichter und die Weihnachtskarten die Lisa aus aller Welt erhält hängen an bunten Bändern an den Wänden. Zum ersten Advent hat Lisa ihre Nachbarin zum Glühwein eingeladen. Lukas ist auch da und Lisa freut sich wie unbeschwert die beiden miteinander umgehen. An den Wohnungen von Lisa und Marta grenzt ein kleiner Garten und Lukas hat ein Feuer in einer Feuerschale vorbereitet. Drei Stühle stehen dicht am Feuer und Felle sind darüber ausgebreitet. Die kleine Tanne im Garten ist mit einer Lichterkette geschmückt und auch um die Terrasse hat Marta Lichterketten drapiert. Der große Buddha ist ebenfalls angestrahlt und im Hintergrund läuft leise Weihnachtsmusik.

Wie immer hat Marta alles perfekt vorbereitet und Lisas Augen strahlen vor Glück in dieser liebevollen Atmosphäre. Lukas steht mit einer ausgebreiteten Decke neben Lisa und wartet bis sie sich hingesetzt hat. Vorsichtig legt er die Decke über ihre Beine. Lisa nimmt seine Hand und drückt sie fest.

Eine Welle der Zuneigung breitet sich aus und Lukas erwidert ihren Händedruck.

„Was ist denn hier los?" ruft Marta lachend als sie die Terrasse betritt.

„Nicht, dass ich Grund zur Eifersucht haben muss!"

„Auf so einen Schatz solltest du schon aufpassen," gibt Lisa zurück und zwinkert Lukas verschwörerisch zu. „Wäre ich nur ein paar Jahre jünger und ich würde mich sehr ins Zeug legen.

In meinem Alter allerdings, greife ich lieber zu einem guten Glühwein."

Marta verteilt die großen dampfenden Tassen und setzt sich dann ebenfalls dazu. Der Abend ist eine

Mischung aus besinnlicher und fröhlicher Stimmung. Es wird viel gelacht, sie singen sogar zusammen und spätestens nach einer weiteren Tasse Glühwein ist es wohlig warm am Feuer.

Lukas fragt immer wieder nach Lisas Erlebnissen die sie auf ihren vielen Reisen gemacht hat. Sie spürt fast körperlich sein Fernweh und seinen Wunsch es ihr gleich zu tun. Bei ihren Erzählungen beobachtet sie sehr genau wie auch Marta sich dem Bann der Ferne nicht entziehen kann.

„Was hat dich am meisten beeindruckt?" fragt Lukas und blickt erwartungsvoll zu Lisa.

„Das ist schwer zu sagen. Jedes Land hat seine Regeln, seine Kultur und seine ganz eigenen Probleme. Aber auch den Willen zu leben, zu überleben immer dort wo es am schwierigsten ist. Den schlimmsten Lebensumständen ein bisschen Glück abzugewinnen und den überwältigenden Wunsch ihren Kindern ein besseres Leben zu verschaffen, das hat mich am meisten beeindruckt." Lisa blickt in ihre leere Tasse. „Wenn ich noch etwas von diesem köstlichen Glühwein bekomme, erzähle ich euch von Malawi."

„Sofort" ruft Marta und ergreift Lisas Tasse.

Später versinken sie gemeinsam in Lisas Erzählungen.

„Ich hatte die Anfrage durch eine Organisation für die ich bereits unterwegs war. Ich konnte den Aufbau einer Schule

begleiten, die direkt am Ufer des Malawisee gebaut wurde.
Als ich ankam standen gerade mal die Gebäude. Es waren
unzählige Menschen damit beschäftigt die Innenausbauten
durchzuführen. Die Küche war fertig und die Toiletten,
sonst gab es nur kleine Häuser die mit einfachen Mitteln roh
gezimmert auf ihre Fertigstellung warteten. Der Direktor
hat mich vom Flugplatz abgeholt und mich schon mal mit
den wichtigsten Informationen versorgt. Er war ein kleiner,
sehr schmaler Mann von vielleicht 50 Jahren. Seit vielen
Jahren arbeitet er als Lehrer in den verschiedensten Gebie-
ten des kleinen Malawi.

Jetzt ist er heimgekehrt an den See, an dem er aufgewachsen
ist, berichtete er. Diese Schule wäre sein Lebenstraum und
durch unzählige Spenden ist es möglich geworden. Sobald
ein Schlafhaus und ein Klassenzimmer fertig sein wird ziehen die ersten Kinder ein. Meine Aufgabe sollte es sein gemeinsam mit ihm die Schule zu organisieren.

Aber es gab nur einen weiteren Lehrer und zwei Köchinnen.
Mir war sofort klar, dass ich hier wieder
einmal Mädchen für alles sein werde. Es war eine wundervolle Aufgabe. Zu sehen wie sich die leeren,

kargen Gebäude mit Leben füllten. Die Kinder kamen nicht nur aus der Nachbarschaft, sie kamen von weit her und blieben oft Wochen ohne zu ihren Familien zurück zu kehren. Sie waren dankbar für alles was wir ihnen geben konnten. Ein trockenes sauberes Bett, genug zu essen und die Möglichkeit etwas zu lernen. Nach einem Jahr hatten wir fast 100 Kinder und gut die Hälfte blieb auch nachts. Nie vorher und niemals später habe ich so viel Stolz und Glück empfunden wie dort in diesem armen Land. Ich blieb zwei Jahre bevor ich weiter zog um an einer anderen Stelle meine Kraft einzusetzen. Zu einigen von den Kindern habe ich bis heute Kontakt. Sie sind Lehrer, Handwerker oder Buchhalter geworden. Manche blieben Bauern wie ihre Eltern, aber alle haben ihr Leben gemeistert."

"Gibt es diese Schule noch?" fragt Lukas. „Ja, sie ist inzwischen noch größer und besser ausgebaut. Fahrt hin und schaut es euch an. Es ist ein so friedlicher Ort."

Später als Lisa in ihre Wohnung zurückkehrt sieht sie voller Liebe und Dankbarkeit auf die vielen Weihnachtskarten. Die meisten hat sie bereits beantwortet und mit einigen ihrer Schützlinge kommuniziert sie per E-Mail. Die Post ist an vielen Ecken dieser Welt nicht das zuverlässigste Mittel um Kontakt aufzunehmen und so sitzt Lisa oft an ihrem Computer und tauscht sich aus, mit ihren Schützlingen auf der ganzen Welt.

Die Proben zum Konzert sind jetzt häufiger und ihre Besuche im Altersheim werden in der Weihnachtszeit besonders wichtig. Viele alte Menschen sind einsam und warten darauf, dass Lisa ihnen vorliest.
Besonders beliebt sind ihre selbstgeschriebenen kleinen Geschichten über die Weihnachtszeit in anderen Kulturen.
Ja, Marta hat recht, es ist viel für eine alte Frau in diesen Tagen, aber Lisa ist glücklich.
Ihr ist gerade so, als braucht sie sich vor nichts mehr zu fürchten. Als ob sie von Tag zu Tag freier wird.
Am zweiten Advent findet das erste kleine Konzert in der Kirche statt. Eher eine Generalprobe mit

wenigen auserwählten Zuhörern. Marta ist natürlich dabei. Ihre treue Freundin gibt vor nur wegen der wunderbaren Musik in die Kirche zu kommen. Aber Lisa weiß, dass sie hauptsächlich gekommen ist um sie später nach Hause zu begleiten.

Der Winter hat Einzug gehalten und es ist etwas glatt auf den Straßen. Lisa hat nichts dagegen. Ganz im Gegenteil. Sie hakt sich bei Marta ein und genießt den langsamen Spaziergang.

„Ich möchte dich einladen Lisa." Marta bleibt stehen um ihr in die Augen zu sehen.

„Ich möchte den Heiligen Abend mit Dir verbringen. Du bist meine Familie."

Lisa ist gerührt und drückt Martas Arm.

„Wie ist die Alternative," fragt sie mit einem Augenzwinkern.

"Mit wem würdest du feiern, wenn nicht mit mir?"

„Mit meinen Eltern," gibt Marta leise zurück. „Mit denen ist es anstrengend und wir sehen uns fast das ganze Jahr nicht. An Weihnachten machen sie immer auf heile Familie und ich muss die gute Tochter sein. Lukas geht zu seinen Eltern. Bei denen ist es anders. Sie sind eine große und lustige Familie."

Langsam gehen beide Frauen weiter und es vergeht einige Zeit bevor Lisa antwortet.

„Möchtest du nicht mit Lukas zusammen sein an diesem Abend?"

„Doch, möchte ich und mit Dir, aber das geht nicht."

„Also entscheidest du dich für mich, als das geringste Übel."

Lisa lacht um Marta den Wind aus den Segeln zu nehmen.

„Was ist so schrecklich an Deinen Eltern?" Jetzt ist es Lisa die stehen bleibt.

„Sie haben mich Marta genannt," antwortet sie schnell um die Situation mit einem Scherz zu entschärfen. Lisa sieht sie mit einer hochgezogenen Augenbraue an und Marta weiß, dass sie aus dieser Nummer nicht so leicht herauskommt.

„Meine Mutter," fährt sie fort, „ist alt geworden!"

„Nein, im Ernst? Das ist aber ungewöhnlich!"

„Ach Lisa, zieh das doch nicht ins lächerliche. Sie ist so mit sich selbst beschäftigt. Früher war sie ganz Ohr, wenn ich ihr etwas erzählt habe. Heute vergisst sie oft Dinge die mir wichtig sind. Sie ist weniger

aufmerksam als früher und sie hört schwer! Sie sagt, sie will sich nicht mehr so viel belasten und

konzentriert sich eher auf Dinge die ihr wichtig sind."

Lisa kann es kaum fassen was sie da hört. Marta meint es ernst, wenn sie sich darüber beschwert das ihre Mutter alt geworden ist.

„Wie war das früher mit ihr?" Lisa hat sich bei Marta untergehakt und beide gehen langsam weiter.

„Sie war toll. Für jeden Spaß zu haben und immer für mich da. Sie hatte auf jede Frage eine Antwort und jetzt vergisst sie andauernd etwas. Nein, nein, es ist nicht krankhaft, es ist unaufmerksam und das kann ich nur schwer akzeptieren."

„Ach Marta Schatz, sie ist doch noch immer deine wunderbare, kluge Mutter. Und eins ist sicher! Sie ist nicht alt geworden um dich zu ärgern. Wahrscheinlich fällt es ihr auch nicht leicht zu bemerken, dass sie sich verändert. Du hast dich bestimmt auch verändert, vielleicht auch in eine Richtung die deine Mutter nicht immer großartig findet. Es nutzt auch nichts, wenn du sie darauf aufmerksam machst, dass sie alt geworden ist. Das weiß sie selbst."

Marta hat Tränen in den Augen.

„Du findest ich bin egoistisch?"

„Na ja, ein bisschen schon. Du willst deine Mutter immer so haben wie du sie sehen willst. Aber sie ist ein eigenständiger Mensch. Mit ganz eigenen Bedürfnissen. Geh zu Ihnen an Weihnachten und freu dich das du sie hast."

Marta sieht nachdenklich aus und bevor sie etwas erwidert, fährt Lisa fort.

„Wie wäre es mit einer Kombination aus allem? Ein Kompromiss sozusagen."

Jetzt bleibt Lisa abermals stehen, weil sie etwas außer Atem ist, das gehen fällt ihr schwerer als sie dachte. Sie atmet tief durch bevor sie weiterspricht.

„Wir zwei wir machen uns einen richtig schönen Abend am Abend vor der Heiligen Nacht.

Ich werde riesiges Lampenfieber haben und bin froh über jede Abwechslung. Dann geh Heilig Abend nachmittags zu Deinen Eltern. Sie sind deine Eltern, vergiss das nicht und auch sie sind endlich. Und abends, wenn es richtig lustig wird und Zeit für Punsch, gehst du zu Lukas. Ich werde mich früh zu Bett legen. Den Heiligen Abend mag ich eh nicht. Nicht mehr," fügt Lisa leise hinzu.

Als sie für Lisa nach einer gefühlten Ewigkeit zu Hause ankommen fühlt sie sich wirklich schwach. „Kommst du noch mit zu mir und trinkst mit mir einen Absacker. Ich habe einen wirklich guten Rotwein geschenkt bekommen, den kann ich unmöglich allein trinken."

„Ich hatte schon Angst du fragst nie," antwortet Marta und hilft Lisa aus dem Mantel. Egal wie müde Lisa ist, oder wie spät es schon ist, sie hat nie genug. So war sie schon als junge Frau. Sie kannte nie ein Morgen, immer nur ein jetzt.

„Der Wein ist wirklich hervorragend Lisa." Sie haben es sich gemütlich gemacht und genießen wie so oft die gemeinsamen Stunden.

„Warum magst du Weihnachten nicht," fragt Marta ohne Vorwarnung.

„Ich mag Weihnachten, ich liebe es sogar. Die Lichter, die Musik, sogar Geschenke kaufen macht mir

Freude. Ich mag nur die Erinnerung an den Heiligen Abend nicht.

Das war der Tag an dem Kurt mich verlassen hat."

Marta fällt fast das Glas aus der Hand. „Wie gemein ist das denn," ruft sie empört aus.

„Also es ist ja sowieso gemein das er dich verlassen hat, aber dann auch noch an Weihnachten."

Lisa muss grinsen über Martas Empörung.

„Ja, es war gemein, aber ich sah es kommen. Der Zeitpunkt war schlecht gewählt, das gebe ich zu.

Wir haben es einfach nicht mehr geschafft. Ich war nicht mehr die Alte und Kurt war verletzter als er selbst anfangs dachte. Es dauerte fast ein halbes Jahr bis ich wieder wirklich am Leben teil nahm. Meist lag ich im Bett und gab mich meinem Schmerz hin. Die Schuldgefühle haben mich erdrückt. Ich war nicht zu

ertragen. Kurt war in all dieser Zeit an meiner Seite. Ganz gegen sein naturell hat er versucht die Sache, wie er es nannte mit mir gemeinsam aufzuarbeiten.

Er kam wieder und wieder in mein Zimmer und versuchte mich aus meiner selbst gewählten Isolation zu holen. Ich möchte es verstehen. Sagte er immer und immer wieder.

Wir waren doch ein gutes Paar.

Es schnitt mir ins Herz das ich nicht in der Lage war ihm seine Fragen zu beantworten.

Heilt Zeit alle Wunden?

Viele Monate sind vergangen als Lisa endlich anfängt mit Kurt zu reden. Es ist Spätsommer und die Tage sind mild, die Schatten lang und die Natur zeigt sich in seinen schönsten Farben. Kurt sitzt auf der Terrasse und blickt in ihren schönen Garten. Sie hatten ihn mit so viel Liebe gestaltet.

Der Rasen war gepflegt und saftig grün und in den Rabatten blühten die schönsten Herbstblumen in leuchtenden Farben. Kurt hat ein Glas Whiskey in der Hand und den Kopf zurückgelegt. Er merkt nicht das Lisa hinter ihn getreten war.

„Ich glaube der Herbst ist wie das Leben, ganz am Ende wird man milder."

Kurt dreht den Kopf zu ihr und lächelt sie an. „Schön, dass du da bist. Möchtest du auch einen Whiskey?"

„Gern," antwortet sie leise und nimmt neben ihm auf der Bank Platz. Es dauert eine Zeit bis sie etwas sagt und so sitzen sie ruhig nebeneinander in dem festen Glauben stark genug zu sein für alles was war und noch kommen wird. „Glaubst du mir, wenn ich Dir sage es hatte nichts, aber auch gar nichts mit Dir zu tun?"

191

„Nein, nicht wirklich, denn du bist meine Frau also hatte es etwas mit mir zu tun. Aber glaubst du mir, wenn ich sage, ich möchte Dir das glauben."

Lisa nickt. „Ich weiß das du das möchtest. Kurt, ich liebe dich und das war immer und immer so. Das mit…."

sie vermeidet Toms Namen auszusprechen, „mit ihm war jenseits aller Vernunft. Wenn überhaupt war es eine ganz andere Art von Liebe. Ich wollte dir nie etwas nehmen und im Grunde habe ich das auch nicht. Ich war nur fort, wenn ich es eh gewesen wäre, oder du auf Reisen warst. Ich habe nicht an ihn gedacht, wenn du bei mir warst."

Kurt schüttelt mit dem Kopf. „Lisa, bitte 16 Jahre. Das ist unfassbar und der Altersunterschied. Würde ich ein Buch lesen mit diesem Inhalt, ich würde denken der Autor ist verrückt geworden sich eine derartige Geschichte

auszudenken. Aber gut, es ist passiert. Ich gehe davon aus, du bereust das ganze sowieso längst."

Lisa sieht ihren Mann ungläubig an. Er hat sie nicht verstanden. „Alles was zu dem schrecklichen Unfall geführt hat, ja, könnte ich das Rückgängig machen würde ich es tun. Aber nein Kurt, diese vielen Jahre, davon bereue ich keine Sekunde."

Das war der einzige Versuch der Eheleute über das Geschehen zu sprechen.

Lisa geht es besser und so fängt sie an wieder mehr am Leben teilzunehmen. Früher hatte sie Kurt häufig bei seiner Arbeit unterstützt, aber nachdem sie solange ausgefallen war, hat seine Assistentin immer mehr dieser Aufgaben übernommen. Das Buch was Lisa in diesen schicksalhaften Tagen auf Mallorca begonnen hat, mochte sie nicht mehr anfassen und zu den Verbandstreffen wollte sie schon überhaupt nicht mehr gehen. Tom und sie waren dort bekannt und inzwischen ist ihre Geschichte ein öffentliches Thema. Ihre Karriere interessiert sie irgendwie auch nicht mehr. Lediglich die Arbeit in ihrer Praxis nimmt sie wieder auf und ihre treuen Patienten sind froh darüber.
Mehr oder weniger durch einen Zufall stolpert sie über die Eröffnung eines Kinderhospiz ganz in ihrer Nähe. Die Pfarrerin ihrer Gemeinde, eine große stämmige Frau mittleren Alters bittet sie, sich den Eltern anzunehmen die Hilfe brauchten. Regina war Lisa sofort sympathisch. Sie ist selbstlos und offen. Eine wundervolle Kombination. Lisa war klar, dass alle Hilfe brauchten in dieser furchtbaren und meist aussichtslosen Situation ihr Kind zu verlieren.

Für Lisa war die Arbeit dort wie eine Buße, die sie abzulegen hat.
Es raubte ihr manchmal den Schlaf, aber es bedeutete ihr so viel,
dort zu helfen.

Kurt wandte sich immer mehr von ihr ab. Häufig bleibt er über
Nacht fort und Lisa lässt ihn gewähren.
Sie spürt das es vorbei ist. Sie hat es versaut und Kurt, der gute
Kurt, er versucht sein angekratztes
Selbstbewusstsein, seine Enttäuschung und sein Unverständnis
mit einer neuen Liebe zu kompensieren.
So wie ihre Liebe war, so ging sie auch zu Ende. Ruhig ohne viel
Emotionen und mit viel Vernunft.
Lisa wusste es bevor er es aussprach. „Ist es deine Assistentin?“
fragt sie bei einem der selten gewordenen
Abendessen.
„Ja,“ antwortete er ohne Ausflüchte.
„Ja, Sybille ist dann wohl die neue Frau an meiner Seite.“
Lisa nickt. „Ist sie nicht erst 40?“
Kurt blickt auf und sieht seine Frau an. „Nun ja, ich glaube
schon. Wo ist das Problem?“

„Kein Problem Kurt, ganz offensichtlich dürfen Männer immer noch viel älter als ihre Partnerinnen sein ohne dass jemand darüber die Nase rümpft."

Lisa ist überrascht wie wenig Schmerz sie fühlt bei dem Gedanken das Kurt jemanden anderen hat.

Sie ist traurig, ja das ist sie, er war ihr Held, die Liebe ihres Lebens, aber sie waren eingeschlafen ihre Gefühle für ihn. Als er aber am Morgen des Heiligen abends mit einem Koffer in der Küche steht, ist es dann doch so, als ob ihr

jemand den Boden unter den Füßen wegzieht.

„Wo willst du hin? Heute?"

„Lisa meine liebe, es tut mir leid. Ich weiß es ist ein sehr schlechter Zeitpunkt, aber heute ist der Tag an dem ich dich verlassen muss. Ich kann Sybille heute nicht alleine lassen und wir zwei haben uns ja eh nicht viel aus diesem

Weihnachtskult gemacht."

„Und sie, Sybille, sie macht sich etwas daraus? Und deswegen lässt du mich ausgerechnet heute alleine, nach mehr als 40 Jahren. Kurt, wir sind so lange ein paar wie sie alt ist."

„Ich weiß das Lisa und ich denke ausgerechnet du müsstest das Verstehen. Ich möchte bei ihr sein. Es wird wohl das einzige

Weihnachtsfest sein, was ich mit ihr alleine verbringen werde. Im nächsten Jahr sind wir dann zu Dritt."

Bei allem Verständnis und bei allem was sich Lisa zu dieser Situation selbst zuschreibt, das ist auch für sie Zuviel. „Ihr bekommt ein Kind? Das Kind was du mit mir nicht wolltest? Auf das ich Deinetwegen verzichtet habe? Du bist schuld, dass ich jetzt alleine dasitze, ohne Kinder oder Enkelkinder und nun erlaubst du dir das mit einer anderen Frau." Lisa wird ungewöhnlich laut und Kurt geht instinktiv ein paar Schritte zurück.

„Ich wollte das nicht," stottert der Herr Professor, „es war ein Versehen!"

Lisa schwankt und hält sich am Küchentisch fest. Die Tränen laufen über ihr Gesicht und jetzt schreit sie es heraus. Ihre Wut und ihre Trauer um einen nicht mehr zu erfüllenden Lebenswunsch.

„Hau ab du Verräter, geh mir aus den Augen du Schuft."

Sie sinkt auf den Küchenboden und lässt ihren Tränen freien Lauf.

Sie merkt nicht einmal wie Kurt die Schlüssel auf den Tisch legt und leise das Haus verlässt.

„Oh nein Lisa, was musstest du noch ertragen. So kurz hinter einander." Marta ist ehrlich betroffen und sie kämpft mit den Tränen.

„Du brauchst nicht weinen Marta süße, es ist so lange her und ich habe überall auf dieser Welt Kinder.

Wer weiß wofür es gut war."

„Wie hast du diesen weiteren Schicksalsschlag überwunden?"

„Auch das hat wieder eine Weile gedauert. Ich war erneut zu Boden gegangen und diesmal war es eher das Selbstmitleid was mich hinderte klar zu denken. Ich hatte ja nicht wirklich eigene Freunde.

Wenn überhaupt, dann waren es Freunde von uns beiden. Sie haben sich ausnahmslos auf Kurts Seite geschlagen. Ich war die Ehebrecherin.

Lange Zeit habe ich mich eingeschlossen. Getrunken und gegessen was noch im Haus war. Wobei es mehr Wein gab als Brot." Lisa lacht. „Es gab Tage da war ich schon morgens betrunken, versank in Grübeleien über mein verpfuschtes Leben und stand gar nicht mehr auf. Es war die Pfarrerin, die sich um das Hospiz kümmerte, die mich wieder ins Leben zurückholte.

Sie rief an und ich ging nicht ans Telefon,

sie klingelte an der Tür und ich machte nicht auf.

Inzwischen machte sich auch Scham in mir breit, über meine Gestalt und über den Dreck um mich herum. Längst war ich nicht mehr in der Lage auch nur das Geringste zu tun.

Eines Tages stand sie an der Terrassentür. Irgendwie ist sie in den Garten gelangt und gab nicht auf. Sie klopfte wie wild und ich hatte Angst sie schlägt die Glasscheibe ein. Ich lag auf dem Sofa und sah direkt in ihr Gesicht.

„Es reicht jetzt," schrie sie mich durch die Scheibe an. „Wir brauchen Sie."

Und ich brauche euch ging es mir durch den Kopf und so stand ich auf und ließ sie herein, in mein Haus und später auch in mein Herz. Sie wurde meine Freundin, die erste wirkliche Freundin die ich je hatte.

Sie half mir mich zu ordnen, mein Leben wieder in den Griff zu bekommen und es half mir zu helfen.

Was war eigentlich mit mir los? Da warten diese Kinder auf mich, die so gerne Leben wollen und es nicht dürfen. Die Eltern, die voller Verzweiflung darauf warten mit jemanden zu sprechen. Und ich? Ich werfe es weg mein Leben? Ich

musste die Konsequenzen meines Handelns tragen. Es dauerte eine Zeit, aber
irgendwann konnte ich dem Leben wieder etwas abgewinnen.

Kurt war sehr großzügig. Ihm war eine schnelle Scheidung wichtig um seine neue Beziehung zu
legalisieren. Die Alte fort um schnell die Neue zu ehelichen. Dem Kind einen Vater zu geben. Form war für Kurt immer wichtig. Inzwischen war ich gestärkter und konnte, auch durch die Hilfe meines guten
Beraters und Rechtsanwalt Dr. Hillebrandt, das Finanzielle regeln. Kurt wollte das Haus und ich diese
Eigentumswohnung hier, die wir einmal zur Anlage gekauft haben.

Ich bekam einen großzügigen Ausgleich, die Hälfte des angesammelten Bargelds und Wertpapieren und einige Einrichtungsgegenstände und Wertsachen, die ich mir aussuchen konnten.

Sybille wollte eh nichts was sie an mich erinnert, hatte er überflüssiger Weise noch in den Raum geworfen. Es ging schnell und unkompliziert. Vierzig Jahre gemeinsames Leben. Unterschrift und fertig. Kurt war freundlich, eigentlich unverändert zu mir. Er meinte es gut mit mir, wollte das ich versorgt bin, so wie er das immer für mich wollte. Und er schien glücklicher zu sein. Er lachte mehr und um seine Augen spielten dann die kleinen Falten, die ich früher so an ihm liebte.

Wir liebten uns noch immer, nur eben anders als in unseren gemeinsamen Jahren."

„Du konntest ihm verzeihen?" fragte Lisa halb bewundernd, halb bestürzt.

„Ja, das konnte ich. Er war nicht der allein Schuldige an unserer Lebenssituation. Trotz meiner verletzten Seele, man darf nie aufhören sich auch selbst den Spiegel vorzuhalten. Ich wollte Kinder und ich habe darauf verzichtet. Es war ja meine Entscheidung. Nur du selbst kannst
deine Lebenswünsche erfüllen. Es gab für mich auch andere Möglichkeiten.

Ich hätte mich früh von Kurt trennen müssen um mit einem anderen Mann ein Kind zu haben, oder ich hätte es ihm als Unfall verkaufen können, so wie Sybille das getan hat. Ich hatte mich für ihn entschieden und vielleicht war ich auch zu träge um das Schicksal selbst in die Hand zu nehmen.

Merke Dir meine Kleine, du entscheidest über die Dinge die dir wichtig sind. Lass nicht zu, dass das jemand für dich übernimmt. Wichtig ist nur das du weißt, was du wirklich willst, wofür du mit jeder Konsequenz einstehen möchtest und was es wert ist Kompromisse einzugehen."

Es geht immer weiter!

Nach der vollzogenen Scheidung ging Lisa zu Regina in den Pfarrgarten. Sie liebte diesen Ort und Regina hat ihn zu einem kleinen Paradies gemacht. Überall hatte sie kleine aus Naturmaterialien gebastelte Gegenstände in die Bäume gehängt oder liebevoll am Boden drapiert. Aufeinander geschichtete Steine die wie versteinerte Wesen aussehen.

Mittendrin ein Sitzplatz zwischen blühenden Blumenwiesen.

Es war wieder Mai und es war so unendlich viel passiert in diesem einem Jahr. Regina wartet schon mit

selbstgebackenem Kuchen und einer gefüllten Kanne Kaffee auf Lisa. Ohne ein Wort nimmt sie ihre neu gewonnene Freundin in den Arm und hält sie fest.

„Geht's?" fragt sie an ihr Ohr.

„Ja, wirklich ganz gut," antwortet Lisa „schließlich bin ich ja jetzt eine gute Partie." Sie lachen und ja,

auch das verbindet sie, dieselbe Art von Humor. Die Tage werden länger und die Sonne wärmt die Seele. Die beiden Frauen sitzen öfter zusammen im Pfarrgarten und manchmal auch mit einem Glas Wein. Abends erhellen willkürlich verteilte Lichter den

202

schönen Garten und überziehen die Natur mit einem ganz besonderen Zauber.

„Was willst du tun jetzt," fragt Regina zum x-ten Mal.
„Gib Deinem Leben wieder mehr Sinn."
„Das tue ich doch." Lisa ist leicht gereizt durch diese sich wieder-
holende Diskussion.
„Die Arbeit im Hospiz erfüllt mich. Das ist doch eine Aufgabe
oder was meinst du?"
„Lisa, du musst hier mal raus. Lass die Geister hinter dir und geh
fort für eine Zeit. Ich habe da schon eine Idee." Klar, Regina hat
immer eine Idee und auch das erinnert Lisa an sie selbst. Zumindest an die Lisa die sie früher war. Und so kam es, dass sie in die
Welt hinausgezogen ist. Regina hatte Kontakte zu Hilfsorganisa-
tionen in aller Welt. Lisa war kaum noch zu Hause, die Wohnung
hier war kahl, seelenlos und sie fühlt sich hier nicht wirklich wohl.
Die Waisenheime dieser Welt waren ihr mehr ein Zuhause als
diese Wohnung. Regina und Lisa sind stets in Kontakt und wenn
Regina wusste, dass wieder einmal irgendwo Hilfe gebraucht
wurde, ging Lisa genau dort hin. Den Anfang hatte es in Indien,
danach Costa Rica, von dort nach Peru und Ecuador. Später war
Lisa noch einmal lange in Indien und dort zwischen all der Ar-

mut, fand sie das Glück. Sie war wirklich hilfreich, konnte wirkli-
che Hilfe spenden und bekam unendlich viel davon zurück. Zwi-
schen all ihren verschiedenen Einsatzorten kam sie zurück nach
Berlin.

Sie verbrachte dann viel Zeit mit Regina. Auch hier hatte sie eine
Aufgabe für Lisa.

„Bitte Lisa kannst du von deinem erlebten berichten? Ich glaube es
wäre gut für meine Konfirmanden einmal zu
hören wie das Leben in anderen Kontinenten ist. Wie groß der
Überlebenskampf und der Wunsch glücklich zu sein." Sofort war
Lisa bereit sich hinein zu knien in diese Aufgabe.

Sie stellte Bilder zusammen, die sie dann in ihre Vorträge einbin-
den konnte. Es war eine Freude zu erleben wie die jungen Leute
Fragen stellten und sich für eine ehrenamtliche Arbeit interessier-
ten. Inzwischen war Lisa 70 Jahre alt und die weiten Reisen fielen
ihr immer schwerer. Ihre Wohnung bekam langsam ein Herz. Sie
spiegelte Lisas großes Herz wider und wurde von Mal zu Mal
gemütlicher.

Zu ihrem 75. Geburtstag richtete Regina für sie ein kleines Fest
im Pfarrgarten aus. Noch nie zuvor kamen so viele Menschen zu
einem ihrer Geburtstage. Viele junge, neue und ehemalige Kon-
firmanden, Nachbarn und Senioren um die sich Lisa auch küm-

merte. Sogar Kurt kam auf einen Sprung vorbei. So viele Jahre
haben sie sich nicht gesehen. Lisa wusste nicht das Regina ihn
aufgespürt und eingeladen hatte. Plötzlich stand er vor ihr und
nahm sie in die

Arme. „Du siehst gut aus Lisa. Wie ein bunter fröhlicher Vogel."
Beide lachten und sie hatten Tränen in den Augen.

„Ich bin ein alter bunter Vogel," versuchte Lisa der Situation ein
wenig Humor beizufügen. Sie hatte sich wirklich sehr verändert.
Die konservativ gekleidete und ordentlich frisierte Business Frau
war sie schon lange nicht mehr. Eher erinnerte sie in ihren bunten
Pluderhosen an einen alten Hippie. Noch nie zuvor war sie so
zufrieden mit sich selbst. Keine Überlegung ob man das tragen
darf in ihrem Alter. Bin ich zu alt, zu dick, zu verrückt? Es ist ihr
egal.

„Wie geht es Dir Kurt?" Lisa hakt sich bei Kurt ein als wären sie
nie getrennt.

„Gut Lisa, wirklich gut. Ist das ok für dich?"

Lisa lacht und nimmt ihn abermals in die Arme. „Ja mein lieber,
das ist sehr ok für mich. Ich hätte es nicht ertragen, wenn es anders wäre." Kurt erwidert ihre Umarmung und hält sie lange fest
in den Armen.

„Und du liebes? Geht es Dir so gut wie du aussiehst? Du hast dir offensichtlich einen großen Kreis geschaffen. Auch etwas was ich dir nicht bieten konnte."

„Wir brauchen nichts mehr aufarbeiten, manchmal glaube ich so wie alles kam war es unsere einzige Chance auf ein erfülltes, glückliches Leben."

Später als sich alle Gäste verabschiedet hatten sitzen Regina und Lisa an ihrem Lieblingsplatz im Garten. Es ist eine laue, warme Augustnacht und beide Frauen wollen den Abend nicht beenden. „Willst du nicht langsam mal bleiben," fragt Regina und Lisa sieht sie belustigt an.

„Erst konntest du mich nicht schnell genug loswerden und jetzt soll ich bleiben? Nein mal im Ernst. Noch nicht. Solange ich noch fit genug bin will ich noch ein bisschen weiter machen. Ich habe eine Anfrage für Malawi. Dort könnte ich helfen eine Schule zu bauen. Von Anfang an dabei sein. Mit den Menschen leben und etwas schaffen." „Bist du noch fit genug," fragt Regina und zieht eine Augenbraue hoch, „ich habe keine Lust dich abholen zu müssen, wenn du zum Pflegefall geworden bist." „Keine Angst, ich komme auf zwei Beinen, aufrecht zurück zu Dir."

„Und ich ging ein letztes Mal in ein weiteres Abenteuer. Drei Jahre sind vergangen bis ich bereit war für ein ruhiges Leben."

„Ein ruhiges Leben," Marta lacht, „ich glaube dazu bist du noch immer nicht bereit und es sind bestimmt sechs Jahre das du wieder in der Heimat bist."

„So ungefähr liebes, aber meine Heimat hatte ich überall dabei. Hier," und Lisa legt eine Hand auf ihr Herz, „hier in meinem Herzen."

„Hattest du je wieder eine Liebe? Einen Partner an Deiner Seite," fragt Marta. Sie hat schon lange darüber nachgedacht ob Lisa nach Kurts Weggang allein geblieben ist. Lisa lächelt sie an.

„Ich hatte das große Glück zwei wundervolle Männer zu lieben und vor allem, zurück geliebt zu werden. Nein, keine weitere Liebe außer die zu den Kindern und den wunder-vollen Menschen die mir begegnet sind. Es war kein Platz mehr in meinem Herzen.

Doch manchmal, wenn mir nach Sex war…"

„Nein Lisa, bitte!" Marta hält sich die Hände vors Gesicht.

„Ich glaube ich will das nicht wissen."

Ruft sie aus und als sie das Gesicht wieder frei gibt macht sie eine furchtbare Grimasse.

Beide Frauen Lachen bis ihnen die Tränen kommen.

„Hab keine Angst kleine Sittenwächterin, das ist lange vorbei," prustet Lisa hervor.

Die Weihnachtszeit ist immer zu kurz. Marta backt und kocht und bringt Lisa jeden Tag eine kleine Kostprobe vorbei. Sie hat es sich zur Gewohnheit gemacht nach Lisa zu schauen. Nicht immer haben die Frauen Zeit für ein längeres Gespräch, manchmal bleiben sie an der Türschwelle stehen, aber niemals versäumt Marta einen Blick auf Lisa zu werfen. Inzwischen empfindet Lisa es nicht mehr als Kontrolle, wie kurz nach ihrem Schwächeanfall. Vielmehr genießt sie es von ihrer jungen Freundin umsorgt zu werden.

Es gibt Tage, da ist Lisa zu schwach sich zu erheben und die Tür zu öffnen. Wenn das der Fall ist benutzt Marta ihren Schlüssel um zu sehen ob alles in Ordnung ist.

„Alles gut, Marta, mach Dir keine Sorgen, der Tag war lang und ich war viel auf den Beinen."

Ohne es auszusprechen fügt Lisa in Gedanken hinzu, die Kraft wird mich wohl bald ganz verlassen.

Wie besprochen treffen sich beide Frauen zu einer kleinen Vorweihnachtsfeier am 23. Dezember. Beide haben sich füreinander herausgeputzt. Lisa in einem bunten weiten Kleid mit passendem Haarband um den Kopf. Das Kleid ist sehr weit geworden, denn Lisa stellt fest das sie immer weniger wird. Ein bisschen Puder verheimlicht wie blass sie geworden ist. Sie steht vor dem Spiegel und spricht zu sich selbst. „Mensch Lisa, wo bist du geblieben. So dünn warst du nicht mehr seit du 10 warst."

Ist es Galgenhumor oder Lisas ganz eigene Art die Dinge ins lächerliche zu ziehen. Sie denkt nicht darüber nach.

Als es an der Tür klingelt öffnet sie, voll Vorfreude auf den Abend. Marta trägt ein schmales schwarzes Kleid das ihre Figur ganz zauberhaft in Szene setzt. Ihre Haare trägt sie offen und sie drehen kleine

Löckchen auf ihren Schultern. Im Gegenteil zu Lisa strahlt sie förmlich. Ihr Teint glüht und ihre Augen leuchten glücklich.

„Was für ein schöner Anblick du bist!" wird sie von Lisa begrüßt.

„Was ist passiert, hast du im Lotto gewonnen?"

„Besser!" antwortet sie nur und schiebt Lisa in die Wohnung zurück.

„Lass mich doch erstmal reinkommen und das Essen abstellen." Marta hat kleine selbstgemachte Blätterteig Pasteten zubereitet. Sie stellt das Blech gleich in den Ofen und verschwindet noch einmal um die köstlich duftende Füllung zu holen. Lisa hat ihren legendären Weihnachtspunsch zu bereitet und füllt gerade die Gläser als Marta zurückkommt.

„Eierpunsch ala Lisa, bitte sehr!" Sie hält Marta das Glas entgegen und beide prosten sich zu.

Es ist ein perfekter Abend. Wie immer, wenn die beiden zusammen sind, wird geredet und gelacht was das Zeug hält. Heute ist kein Platz für die Vergangenheit, heute geht es nur um die Zukunft.

„Ich habe einen Nachtisch zubereitet." Verkündet Lisa feierlich.

„Bratapfel mit Selbstgemachter Vanillesoße." Fast unbemerkt hat sie die vorbereiteten mit Marzipan und Rosinen gefüllten Äpfel in den Ofen geschoben, nachdem die Pasteten auf die Teller kamen.

„Was ist los Lisa," fragt Marta und setzt eine entrüstete Mine auf, „du bereitest einen Nachtisch und nicht wie sonst ein alkoholisches Getränk?" Sie lacht und weiß das Lisa den Spaß versteht.

„Die Marzipan Rosinen Füllung hat es in sich. Da ist mehr Rum drin als in einem guten Grog.

So mein Schatz, was lässt dich so strahlen? Es kann ja wohl kaum die Freude sein mit einer alten Frau den Abend zu verbringen."

„Doch Lisa, es ist immer eine große Freude mit Dir zusammen zu sein, allerdings heute… , gibt es noch mehr Grund zur Freude." Sie sieht Lisa verschwörerisch an und genießt den Moment in dem in Lisas

Gesicht die Spannung deutlich zu erkennen ist.

„Nun sag schon," platzt sie heraus, „ich bin zu alt für soviel Aufregung."

Jetzt hebt Marta ihre Hand und zeigt stolz ihren Ringfinger, auf dem ein wunderschöner goldener Ring mit einem glitzernden Stein sitzt.

„Lukas hat mich gefragt ob ich es wirklich ganz ernst mit ihm meine. Kein Heiratsantrag nur ein
Bekenntnis zu uns."

„Wie wundervoll!" bringt Lisa heraus und Tränen bilden sich in ihren Augen.

„Ist das nicht noch wertvoller als ein Heiratsantrag. Eine gemeinsame Bekräftigung eurer Liebe auch ohne Trauschein."

„Ja, ich denke das ist es. Vor ein paar Monaten hätte ich anders darüber gedacht. Aber jetzt, nach all den Gesprächen mit dir und auch mit Lukas, besonders aber durch die Gespräche die ich mit mir selbst geführt habe. Was willst du eigentlich Marta? Habe ich mich oft gefragt und ich habe mir Zeit gelassen mit der Antwort. Diese Konventionen, Zusammen ziehen, verloben, heiraten, Kinder. Das ist noch immer nicht falsch, aber die Reihenfolge ist mir nicht mehr so wichtig. Wir tun uns so gut, und ich spüre das er es sehr genießt das ich das jetzt etwas entspannter sehe.

Lisa, ich kann mich nicht plötzlich um 100% drehen und alles was mir vorher wichtig war verdammen, aber ich versuche spontaner zu sein, nicht vor lauter planen das Genießen zu vergessen."

„Komm her zu mir und lass dich umarmen. Das ist unglaublich schön was du da sagst. Und nein, du darfst dich nicht ändern, du bist wunderbar wie du bist, aber du darfst etwas lockerer werden und ich finde es steht Dir ausgezeichnet."

„Wir haben einen Plan," fährt Marta fort.

Lisa lacht laut auf.

„Also ich bin sehr froh das meine Marta noch da ist!"

„Lach mich nicht aus. " Marta macht einen Schmollmund, aber Lisa weiß das es nicht ernst gemeint ist.

„Also, schieß los. Was für ein Plan. Ich bin gespannt wie ein Flitzebogen!"

„Ich habe so viel gelesen, kümmere mich um Bücher und liebe es, nach wie vor, aber es sind fremde Bücher. Fremde Erlebnisse. Ich möchte dort hin, wo sie spielen. Ich möchte Reisen und obwohl ich immer davor Angst hatte, vor diesem Ungewissen was einem auf Reisen widerfahren kann, so weiß ich jetzt das der Wunsch schon immer tief in mir war. Lukas wird bei mir sein und das nimmt mir viel von dieser Angst."

„Und der Rest an Angst, der Dir bleibt, der vergeht, wenn du erst unterwegs bist," fügt Lisa hinzu.

Marta nickt und weiß das sie recht hat.

„Ich habe noch Urlaubstage aus dem letzten Jahr und zusammen mit diesem Jahr sind es fast sechs

Wochen. Das soll der Anfang sein und dann sehen wir wie es weiter geht. Zuerst wollen wir deine Schule in Malawi besuchen und von dort ohne großen Plan die Seele Afrikas suchen."

Jetzt laufen Lisa Tränen über das Gesicht. Sie ist gerührt und freut sich unendlich mit ihrer jungen

Freundin.

„Ich habe das mal recherchiert und Google hat gesagt die Schule trägt den Namen „Lisas Home" wusstest du das?"

Lisa nickt. „Ich habe denen ein bisschen geholfen und da haben sie sich dankbar gezeigt in dem sie mich zu einem Teil von sich gemacht haben. Ich bin sehr stolz darauf."

„Das hast du nie erzählt. Inwiefern hast du geholfen?"

„Kurt war sehr großzügig nach der Scheidung. Ich hatte mehr Geld als ich brauchte und so konnte ich auch finanziell ein paar Projekte unterstützen. Dort zu arbeiten und mit ihnen zu leben, hat mir sehr viel mehr gegeben als Geld. Jetzt habe ich nicht mehr viel, aber das Bewusstsein etwas

Gutes damit gemacht zu haben, ist unersetzbar."

„Du bist unglaublich Lisa."

„Ich weiß," antwortet sie und erhebt ihr Glas, „auf Euch."
Jetzt leuchten auch Lisas Augen vor Glück, für das Glück
ihres Schützlings. „Ich habe noch ein Geschenk für dich. Ein
Weihnachtsgeschenk."

Als Marta ansetzt um zu erwidern das sie das nicht verabredet hatten und sie nun mit leeren Händen
dasteht, winkt Lisa ab.

„Quatsch, schenken ist schenken und nicht wieder schenken! Ende der Diskussion!"

Lisa muss sich abstützen um sich zu erheben und Marta
beobachtet sie voll Sorge.

„Es geht mir gut," antwortet sie ohne, dass Marta gefragt
hat. Sie weiß genau was die Kleine denkt.

Lisa holt eine kleine Schachtel hervor, eine kleine sehr alte
Holzschachtel, und übergibt sie Marta.

Dabei strahlen ihre Augen wie lange nicht und Marta spürt
wie wichtig es ihr ist ihr ein Geschenk
zu machen. Marta öffnet den reichverzierten Deckel. Allein
die Schnitzarbeiten darauf sind unvergleichlich schön.

Zum Vorschein kommt ein silbernes Medaillon. Verziert mit Blumen auf der Vor- und Rückseite.

Marta hält das wertvolle Stück in ihren Händen und ist sprachlos vor Rührung.

„Es gehörte meiner Urgroßmutter und es wurde von Tochter zu Tochter weitergegeben. Jetzt sollst du es haben meine Tochter." Bevor es für Lisa zu rührselig wird fügt sie hinzu, „ich hatte Glück, ich konnte mir eine Tochter aussuchen, meine Vorfahren mussten nehmen was sie kriegen konnten." Aber diesmal lacht Marta nicht. Sie steht auf und geht um den Tisch herum.

„Du bist mir die beste Mutter die ich mir wünschen kann. Danke und das meine ich ganz ernst.

Für alles, für dein Vertrauen mich an Deinem Leben teilhaben zu lassen, für dein Verständnis für meine Sorgen und Nöte und für deine Hilfe wann immer ich sie brauche. Und die brauche ich noch oft."

Sie halten sich ganz fest und genießen so sehr die Nähe des anderen. Nach einer gefühlten Ewigkeit löst Lisa sich aus der Umarmung. „Jetzt brauch ich einen Schnaps und einen Witz."

Es ist typisch für Lisa sich aus zu großen emotionalen Momenten herauszuziehen in dem sie die Situation mit einem Lacher beendet.

Als Lisa morgens an diesem 24.Dezember erwacht, weiß sie bereits das es etwas auf sich hat mit diesem Tag. Bereits seit einigen Tagen spürt sie etwas in sich was sie nicht beschreiben kann. Aber pragmatisch wie Lisa nun mal ist, versucht sie nicht so viel darauf zu geben. Sie braucht immer morgens etwas Zeit um in die Gänge zu kommen, wie sie gern sagt, aber heute braucht alles besonders lang.

Um 18 Uhr findet das Weihnachtskonzert in der Kirche statt und bis dahin ist noch viel Zeit. Lisa beginnt den Tag indem sie ihre letzte Weihnachtspost per E-Mail beantwortet.

In den letzten Tagen kamen unzählige Grüße aus allen Ländern dieser Welt bei ihr an.

Lisa macht es glücklich zu sehen was aus ihren Kindern geworden ist. Sehr viele von ihnen ohne

Perspektive haben einen festen Stand im Leben gefunden.

Und sie denken an Lisa. Sie lehnt sich zurück mit wahrscheinlich dem fünften Kaffee an diesem Vormittag und schreckt auf, als es an der Tür läutet. Noch bevor Lisa die

Tür erreicht hört sie den Schlüssel im Schloss umdrehen.

Marta, denkt sie und lächelt. „Entschuldige Lisa, ich dachte es ist etwas, weil es so lange gedauert hat."

„Alles ist gut meine Kleine, nur keine Sorge um eine alte Frau. Ich bin halt nicht mehr die schnellste."

Sie schaut sie gründlich an, von Kopf bis Fuß und nickt zufrieden.

„Meine Schöne," sagt sie nach einer gefühlten Ewigkeit.

„Deine Eltern werden sich so freuen dich zu sehen. Sei mild, hörst du." Sie zwinkert ihr zu und nimmt mit Freude zur Kenntnis das Marta das Medaillon um den Hals trägt. Sie nimmt sie in die Arme und drückt sie an sich.

„Ich liebe dich, meine Marta." Und bevor es noch sentimentaler zugeht schiebt sie sie von sich.

„Jetzt aber los, ich habe zu tun. Raus mit dir und genieße das Weihnachtsfest."

Ein Blick auf die Uhr verrät Lisa das sie sich jetzt auch beeilen muss. Bevor das Konzert los geht wollte sie noch Regina ein kleines Geschenk vorbeibringen.

Etwas später als geplant öffnet sie die Tür zur Sakristei.
Regina ist gerade dabei sich für die
Weihnachtspredigt fertig zu machen und sieht überrascht
auf Lisa.

„Warum bist du noch nicht beim Chor? Lisa, was ist los mit
Dir?"

„Keine Panik ich bin ja nicht mehr weit entfernt von meinen
Mitstreitern." Sie lächelt Regina an und bittet damit um
Vergebung. Etwas außer Atem von dem kurzen Weg von
ihrer Wohnung hierher hört sie wie wild ihr Herz klopft.
Bestimmt die Aufregung vor dem großen Auftritt versucht
sie sich einzureden,
dennoch hat sie so etwas wie eine Vorahnung auf was auch
immer. Sie zieht ein kleines Päckchen aus der Tasche und
überreicht es Regina.

„Nichts großes, nur ein kleines Weihnachtsgeschenk."
Regina ist viel zu Neugierig um zu warten, also öffnet sie es
schnell und lächelt Lisa an.

„Oh Lisa, du trennst dich davon? Die schönsten Ohrringe
der Welt und du gibst sie fort."

„Nicht fort," antwortet Lisa, „nur an meine beste Freundin.
Ich konnte es nicht mehr ertragen das du sie mir gedanklich

fast von den Ohren gerissen hast, wenn ich sie trug. Du bist doch schon lange scharf drauf, also nimm sie und freu dich."

Ohne auf einen Dank zu warten dreht sie sich zur Tür.

„Und jetzt muss ich mich beeilen sonst bekomme ich Ärger mit der Pfarrerin."

Damit war sie verschwunden und ließ ihre Freundin mit Tränen in den Augen zurück.

Das Konzert und natürlich auch der Gottesdienst war ein voller Erfolg. Die Gemeinde tat etwas sehr Ungewöhnliches. Sie spendeten stehende Ovationen für den Chor und auch Regina tat es ihnen gleich. Als zum Ende alle gemeinsam in ein Oh du fröhliche einstimmten hätte es festlicher nicht sein können.

Unter diesem Eindruck macht sich Lisa ohne längere Verabschiedungen auf den Weg nach Hause. Heute dauert es besonders lange und sie macht viele Verschnaufpausen. Als sie endlich den Schlüssel im Schloss umdreht fühlt sie sich stehend erschossen.

Es dauert noch einige Zeit bis sie in gemütlicher Kleidung und einer großen Tasse Eierpunsch in ihrem Sessel platz genommen hat. Ihr Atem geht schnell und es rauscht in ihren Ohren.

„Was ist los altes Mädchen," fragt sie sich selbst, „du bist ganz schön am Ende."

Und in dem Augenblick, in dem sie in die Stille hinein diese Worte formuliert, weiß sie, dass es so ist.

Es ist das Ende. Lisa fallen die Augen zu und sie versinkt in einen Dämmerzustand. Erinnerungen ziehen an ihr vorbei, Gute und Grausame.

Sie sieht sich lachen und tanzen, aber auch weinen. Sie spürt Glück und Verzweiflung fast zur selben Zeit. „So ist das Leben," hört sie eine Stimme. „Es zeigt uns nicht nur sein lachendes Gesicht."

Sie glaubt die Stimme ihrer Mutter zu hören und antwortet leise vor sich hin,

„ich weiß nicht ob ich bereit bin zu gehen? Ich weiß nicht wann Schluss sein soll."

„Das wusstest du noch nie," hört sie wieder die Stimme, die sich liebevoll und warm anhört. Und dann hört sie Tom. „Es ist gut jetzt Lisa. Ich warte schon so lange auf dich.

Komm zu mir, denn ich will dich lieben, wenn du wieder bei mir bist."

Epilog

Es sind so viele Menschen hier, Menschen die von weit her-
gekommen sind, aber auch solche aus der
unmittelbaren Nähe. Am Anfang haben sie geweint, sich
tröstend in den Armen gelegen, aber jetzt spielt Musik und
ein Teil von ihnen singt. Lieder die von Glück zeugen und
die Menschen klatschen im Takt und tanzen zur Musik.
Marta steht am Rande mit dem Rücken an einen Baum ge-
lehnt. Es ist kalt an diesem Januartag, aber die Sonne wärmt
die Herzen.
Die Türen zum Gemeindehaus stehen weit auf und die
Menschen verteilen sich drinnen und draußen in dem schönen Pfarrgarten, der auch im Winter seinen
Zauber nicht eingebüßt hat. Marta merkt nicht wie Regina
auf sie zu kommt um sie in den Arm zu
nehmen.

So wollte sie das. „Ich will eine lustige Beerdigung." Hat sie immer zu mir gesagt.

„Ich möchte das sie sich freuen ein Stück mit mir gegangen zu sein, nicht das sie weinen, weil ich nicht mehr da bin."

Marta nickt „Ich weiß" antwortet sie, „ich gebe mir Mühe!"

Regina überreicht Marta einen verschlossenen Umschlag und geht dann zurück zu den anderen.

Liebe Marta,

hör auf zu weinen. Es war an der Zeit Platz zu machen und du weißt doch, irgendwann muss mal Schluss sein.

Mein Leben war wundervoll und trotz Niederschlägen, erfüllt und sehr glücklich.

Glaub mir, ich habe mehr gelacht als geweint und mehr Liebe erfahren als man sich vorstellen kann. Nun bist du dran. Mach es ebenso und genieße jeden Augenblick.

In den nächsten Tagen wird Herr Dr. Hillebrandt auf dich zukommen um ein paar Formalitäten mit Dir zu besprechen. Meine Wohnung gehört jetzt Dir. Mach damit was du willst. Verscherble sie und verballere die Knete, der Traum vom Bücherrestaurant könnte wahr werden oder vielleicht möchte Lukas einziehen um Dir näher zu sein ohne das Klo mit dir teilen zu müssen. Mit einem Durchbruch kann es mal zu einer große Familienwohnung werden.

Wenn ich dir etwas hinterlassen kann, dann ist es die
Gewissheit, dass alles kann und nichts muss.
Nichts ist in Stein gemeißelt. Was heute gut ist, kann
morgen falsch sein.

Wir zwei, das war richtig gut und ich habe jede Minute mit dir genossen.

Nun Schluss mit heulen, in Liebe Lisa

Das Leben ist wie eine Schachtel Pralinen, man weiß nie, was man bekommt. " (Forrest Gump)

Ich hoffe das dieser Roman für meine Leser ein bisschen so war. Wie eine Schachtel Pralinen.

Süß und manchmal bitter.
Überraschend und doch bekannt.
Voll Genuss und auch schmerzhaft.
Zuviel und nicht genug.

Mir war es ein Vergnügen ihn zu schreiben und doch hat es mir zeitweilig einen Kloß im Hals verursacht.

Danke, dass Du ihn gelesen hast und vor allem danke an alle die an mich geglaubt haben.

Die Unterstützung meiner „Rudower Tintenklexxer" war unbezahlbar.

Allen voran bin ich Rike dankbar. Du hast mir immer wieder in die Seite getreten und mich angetrieben.

Meine Seelenschwester Gaby hat mit viel Feingefühl das Cover entwickelt. Du bist meine kreative zweite Hälfte.

Last but not least… Danke Lisa und Marta, zwei starke Frauen auf einem Weg.

harriet w.